Harry Potter and the Deathly Hallows

ハリー・ポッターと死の秘宝

J.K.ローリング

松岡佑子＝訳

静山社

The
dedication
of this book
is split
seven ways:
to Neil,
to Jessica,
to David,
to Kenzie,
to Di,
to Anne,
and to you,
if you have
stuck
with Harry
until the
very
end.

この
物語を
七つに
分けて
捧げます。
ニールに
ジェシカに
デイビッドに
ケンジーに
ダイに
アンに
そしてあなたに。
もしあなたが
最後まで
ハリーに
ついてきて
くださったの
ならば。

おお、この家を苦しめる業の深さ、
そして、調子はずれに、破滅がふりおろす
血ぬれた刃、
おお、呻きをあげても、堪えきれない心の煩い、
おお、とどめようもなく続く責苦。

この家の、この傷を切り開き、膿をだす
治療の手だては、家のそとにはみつからず、
ただ、一族のものたち自身が、血を血で洗う
狂乱の争いの果てに見出すよりほかはない。
この歌は、地の底の神々のみが、嘉したまう。

いざ、地下にましますの祝福された霊たちよ、
ただいまの祈願を聞こし召されて、助けの力を遣わしたまえ、
お子たちの勝利のために。お志を嘉したまいて。

アイスキュロス「供養するものたち」より
（久保正彰訳『ギリシア悲劇全集I』岩波書店）

死とはこの世を渡り逝くことに過ぎない。友が海を渡り行くように。
友はなお、お互いの中に生きている。
なぜなら友は常に、偏在する者の中に生き、愛しているからだ。
この聖なる鏡の中に、友はお互いの顔を見る。
そして、自由かつ純粋に言葉を交わす。
これこそが友であることの安らぎだ。たとえ友は死んだと言われようとも、
友情と交わりは不滅であるがゆえに、最高の意味で常に存在している。

ウィリアム・ペン「孤独の果実」より
（松岡佑子訳）

Original Title: HARRY POTTER AND THE DEATHLY HALLOWS

First published in Great Britain in 2007
by Bloomsbury Publishing Plc, 50 Bedford Square, London WC1B 3DP

Japanese edition first published in 2008

This book is published in Japan by arrangement with
the author through The Blair Partnership

ハリー・ポッターと死の秘宝 7-2 目次

ハリー・ポッターと
死の秘宝　7-1

ハリー・ポッターと
死の秘宝　7-3

ハリー・ポッターと
死の秘宝　7-4

第11章　賄賂

亡者がうようよしている湖から逃げられたくらいだから、マンダンガスを捕まえるなどクリーチャーには数時間もあれば十分だろうと、ハリーは高をくっていた。期待感を募らせて午前中一杯、ハリーは家の中をうろうろしていた。しかしクリーチャーは、その日の午前中はもちろん、午後になってももどってこない。日も暮れるころになると、ハリーはがっかりするとともに心配になってきた。夕食もかび臭いパンばかりで、ハーマイオニーがさまざまな変身術をかけてはくれたものの、どれもいまひとつうまくいかず、ハリーは落ち込むばかりとなる。

クリーチャーは次の日も、その次の日も帰らなかった。その一方、十二番地の外の広場にはマント姿の二人の男が現れ、見えないはずの屋敷の方向をじっと見つめたまま、夜になっても動かない。

「死喰い人だな、まちがいない」

ハリーやハーマイオニーと一緒に、客間の窓から覗いていたロンが言う。

「僕たちがここにいるって、知ってるんじゃないか?」

「そうじゃないと思うわ」

ハーマイオニーは、そう言いながらも怯えた顔をしている。

「もしそうなら、スネイプを差し向けて私たちを追わせたはずよ。そうでしょう?」

「あのさ、スネイプはここにきて、マッド-アイの呪いで舌縛りになったと思うか?」ロンが聞く。

「ええ」

ハーマイオニーが答える。

「そうじゃなかったら、スネイプはここへの入り方を、連中に教えることができたはずでしょう? でもたぶん、あの人たちは、私たちが現れやしないかと見張っているんだわ。だって、ハリーがこの屋敷の所有者だと知っているんですもの」

「どうしてそんなことを――?」ハリーが聞きかける。

「魔法使いの遺言書は、魔法省が調べるということ。覚えてるでしょう? シリウスがあなたにこの場所を遺したことは、わかるはずよ」

死喰い人が外にいるという事実が、十二番地の中の雰囲気をますます陰気にした。ウィーズリーおじさんの守護霊のほかは、グリモールド・プレイスの外からなんの連絡も入ってこないことも加わって、ストレスが次第に表に顔を出してくる。落ち着かないいらいら感から、ロンはポケットの中で「灯消しライター」をもてあそぶという、困った癖をつけてしまった。これには、とくにハーマイオニーが腹を立てた。クリーチャーを待つ間、『吟遊詩人ビードルの物語』を調べているハーマイオニーにとっては、明かりが点いたり消えたりするのは迷惑以外の何物でもない。

「やめてちょうだい！」

クリーチャーがいなくなって三日目の夜、またしても客間の明かりが吸い取られてしまったときに、ハーマイオニーがさけんだ。

「ごめん、ごめん！」

ロンは「灯消しライター」をカチッと言わせて明かりをもどす。

「自分でも知らないうちにやっちゃうんだ！」

「ねえ、なにか役に立つことをして過ごせないの？」

「どんなことさ。お伽噺を読んだりすることか？」

「ダンブルドアが私にこの本を遺したのよ、ロン――」

「――そして僕には『灯消しライター』を遺した。たぶん、僕は使うべきなんだ！」

口げんかに耐えられず、ハリーは二人に気づかれないようにそっと部屋を出て、厨房に向かう。クリーチャーが現れる可能性が一番高いと思われる厨房に、ハリーは何度も足を運んでいた。しかし、玄関ホールに続く階段を中ほどまで下りたところで、玄関のドアをそっとたたく音が聞こえ、カチカチという金属音やガラガラという鎖の音が鳴る。

神経の一本一本がぴんと張りつめた。ハリーは杖を取り出し、しもべ妖精の首が並ぶ階段脇の暗がりに移動して、じっと待つ。ドアが開き、隙間から街灯に照らされた小さな広場がちらりと見えた。マントを着た人影が、わずかに開いたドアから半身になって玄関ホールに入り、ドアを閉める。侵入者が一歩進むと、マッド-アイの声が上がる。

「セブルス・スネイプか？」

するとホールの奥で埃の姿が立ち上がり、だらりとした死人の手を上げて、するすると侵入者に向かっていく。

「アルバス、あなたを殺したのは私ではない」静かな声が答えた。

呪いは破れ、埃の姿はまたしても爆発する。そのあとに残った、もうもうたる灰色の埃を通して、侵入者を見分けるのは不可能だった。

ハリーは、その埃の真ん中に杖を向けてさけぶ。

「動くな！」

ハリーは、ブラック夫人の肖像画のことを忘れていた。ハリーの大声で、肖像画を隠しているカーテンがパッと開き、さけび声が始まった。

「穢(けが)れた血、わが屋敷の名誉を汚すクズども――」

ロンとハーマイオニーが、ハリーと同じように正体不明の男に杖を向けて、背後の階段をバタバタと駆け下りてくる。男はいまや両手を挙げて、下の玄関ホールに立っていた。

「撃つな、私だ。リーマスだ！」

「ああ、よかった」

ハーマイオニーは弱々しくそう言うなり、杖の狙いをブラック夫人の肖像画に変える。バーンという音とともに、カーテンがまたシュッと閉まって静けさがもどった。ロンも杖を下ろしたが、ハリーは下ろさなかった。

「姿を見せろ！」ハリーは大声で言い返す。

ルーピンが降伏の証に両手を高く挙げたまま、明るみに進み出た。

「私はリーマス・ジョン・ルーピン、狼人間で、ときにはムーニーと呼ばれる。『忍びの地図』を製作した四人のうちの一人だ。日常ではトンクスと呼ばれる、ニンファドーラと結婚したばかり。それに、君に『守護霊(しゅごれい)』の術を教えたが、ハリー、それは牡鹿(おじか)の形を取る」

「ああ、それでいいです」

ハリーが杖を下ろしながら言った。

「でも、確かめるべきだったでしょう?」

「『闇の魔術に対する防衛術』の元教師としては、確かめるべきだという君の意見に賛成だ。ロン、ハーマイオニー、君たちは、あんなに早く警戒を解いてはいけないよ」

三人は階段を駆け下りた。厚い黒の旅行用マントを着たルーピンは、疲れた様子だったが、三人を見てうれしそうな顔をする。

「それじゃ、セブルスのくる気配はないのかい?」ルーピンが聞く。

「ないです」ハリーが答える。「どうなっているの? みんな大丈夫なの?」

「ああ」ルーピンが答える。「しかし、我々は全員見張られている。外の広場に、死喰い人が二人いるし――」

「――知ってます――」

「――私は連中に見られないように、玄関の外階段の一番上に正確に『姿現わし』しなければならなかったよ。連中は、君たちがここにいるとは気づいていないようだ。知っていたら、外にもっと人を置くはずだからね。ハリー、やつらは、君と関係のあったところをすべて見張っている。さあ、下に行こう。君たちに話したいことがたくさんある。それに君たちが『隠れ穴』からいなくなったあとで、なにがあったのかも知りたい」

四人は厨房に下り、ハーマイオニーが杖を火格子に向ける。たちまち燃え上がった火が、素気ない石の壁をいかにも心地よさそうに見せ、木製の長いテーブルを輝かせる。ルーピンが脱いだ旅行用マントからバタービールを取り出し、みなでテーブルを囲んだ。

「ここには三日前にこられるはずだったのだが、死喰い人の追跡を振り切らなければならなくてね」

ルーピンが話しはじめる。

「それで、君たちは結婚式のあと、まっすぐここにきたのかね？」

「いいえ」ハリーが言う。「トテナム・コート通りのカフェで、二人の死喰い人と出くわして、そのあとです」

「なんだって？」

ルーピンは、バタービールをほとんどこぼしてしまう。

三人から事の次第を聞き終えたルーピンは、一大事だという顔をしている。

「しかし、どうやってそんなに早く見つけたのだろう？　姿を消す瞬間に捕まえていなければ、『姿くらまし』した者を追跡するのは不可能だ！」

「それに、そのとき二人が偶然トテナム・コート通りを散歩していたなんて、ありえないでしょう？」ハリーも言った。

「私たち、疑ったの」

ハーマイオニーが遠慮がちに口を挟む。

「ハリーがまだ『臭い』をつけているんじゃないかって」

「それはないな」ルーピンが言った。

ロンはそれ見ろという顔をし、ハリーは大いに安心する。

「ほかのことはさておき、もしハリーにまだ『臭い』がついているなら、あいつらはここにハリーがいることを必ず嗅ぎつけるはずだろう？　しかし、どうやってトテナム・コート通りまで追ってこられたのかが、私にはわからない。気がかりだ。実に気になる」

ルーピンは動揺していた。しかし、ハリーにとってはその問題は後回しにしてよいものだ。

「僕たちがいなくなったあと、どうなったか話して。ロンのパパが、みんな無事だって教えてくれたけど、そのあとのことは、なんにも聞いていないんだ」

「そう、キングズリーのおかげで助かった」

ルーピンが説明する。

「あの警告のおかげで、ほとんどの客は、あいつらがくる前に『姿くらまし』できた」

「死喰い人だったの？　それとも魔法省の人たち？」ハーマイオニーが口を挟んだ。

「両方だ。というより、いまや実質的に両者にはほとんどちがいがないと言える」

ルーピンがため息とともに言葉を吐き出す。

「十二人ほどいたが、ハリー、連中は君があそこにいたことを知らなかった。アーサーが聞いた噂では、あいつらは君の居場所を聞き出そうとして、スクリムジョールを拷問した上、殺したらしい。もしそれが本当なら、あの男は君を売らなかったわけだ」

ハリーはロンとハーマイオニーを見た。二人ともハリーと同じく、驚きと感謝が入り交じった顔をしている。ハリーはスクリムジョールがあまり好きではなかったが、ルーピンの言うことが事実なら、スクリムジョールは最後にはハリーを護ろうとしてくれたのだ。

「死喰い人たちは、『隠れ穴』を上から下まで探した」

ルーピンが話を続ける。

「屋根裏お化けを発見したが、あまりそばまでは近づきたがらなかった――そして、残っていた者たちを、何時間もかけて尋問した。君に関する情報を得ようとしたんだよ、ハリー。しかし、もちろん、騎士団の者以外は、君が『隠れ穴』にいたことは知らなかったんだ」

「結婚式をめちゃめちゃにすると同時に、ほかの死喰い人たちは、国中の騎士団に関係する家すべてに侵入した。いや、だれも死んではいないよ」

質問される前に、ルーピンが急いで最後の言葉をつけ加える。

「ただし連中は、手荒なまねをした。ディーダラス・ディグルの家を焼きはらった。だが知ってのとおり、本人は家にいなかったがね。トンクスの家族は『磔(はりつけ)の呪文』をかけられた。そこでもまた、君があそこに着いたあと、どこに行ったかを聞き出そうとしたわけだ。二人とも無事だ――もちろんショックを受けてはいるが、それ以外は大丈夫だ」

「死喰い人は、保護呪文を全部突破したの?」

トンクスの両親の家の庭に墜落した夜、呪文がどんなに効果的だったかを思い出して、ハリーが聞いた。

「ハリー、いまでは魔法省のすべての権力が、死喰い人の側にあることを認識すべきだ」ルーピンが言う。「あの連中は、どんな残酷な呪文を行使しても、身元を問われたり逮捕されたりする恐れがない。そういう力を持ったのだ。我々がかけたあらゆる死喰い人避けの呪文を、連中は破り去った。そして、いったんその内側に入ると、連中は侵入の目的をむき出しにするんだ」

「拷問してまでハリーの居場所を聞き出そうとするのに、理由をこじつけようともしなかったわけ？」ハーマイオニーは痛烈な言い方をする。

「それが」

ルーピンは、ちょっと躊躇した後に、折りたたまれた「日刊予言者新聞」を取り出した。

「ほら」

ルーピンは、テーブルの向かい側から、ハリーにそれを押しやった。

「いずれ君にもわかることだ。君を追う口実は、それだよ」

ハリーは新聞を広げる。自分の顔の写真が、大きく一面を占めている。ハリーは大見出しを読んだ。

アルバス・ダンブルドアの死にまつわる疑惑
　尋問のため指名手配中

ロンとハーマイオニーがうなり声を上げて怒ったが、ハリーはなにも言わずに新聞を押し返す。それ以上読みたくもない。読まなくともわかる。ダンブルドアが死んだときに塔の屋上にいた者以外は、だれが本当にダンブルドアを殺したかを知らない。

そして、リータ・スキーターがすでに魔法界に語ったように、ダンブルドアが墜落した直後に、ハリーはそこから走り去るのを目撃されている。

「ハリー、同情する」ルーピンが言った。

「それじゃ、死喰い人は『日刊予言者』も乗っ取ったの？」

ハーマイオニーはかんかんになっている。

ルーピンがうなずく。

「だけど、何事が起こっているか、みんなにわからないはずはないわよね？」

「クーデターは円滑で、事実上沈黙のうちに行われた」

ルーピンが首を振りながら言う。

「スクリムジョールの殺害は、公式には辞任とされている。後任はパイアス・シックネスで、『服従の呪文』にかけられている」

「ヴォルデモートはどうして、自分が魔法大臣だと宣言しなかったの？」ロンが聞いた。

ルーピンが笑う。

「ロン、宣言する必要はない。事実上やつが大臣なんだ。しかし、なにも魔法省で執務する必要はないだろう？　傀儡のシックネスが日常の仕事をこなしていれば、ヴォルデモートは身軽に、魔法省を超えたところで勢力を拡大できる」

「もちろん、多くの者が、なにが起きたのかを推測した。この数日の間に魔法省の政策が百八十度転換したのだから、ヴォルデモートが糸を引いているにちがいないとささやく者は多い。しかし、ささやいている、というところが肝心なのだ。だれを信じてよいかわからないのに、互いに本心を語り合う勇気はない。もし自分の疑念が当たっていたら、自分の家族が狙われるかもしれないと恐れて、おおっぴらには発言しない。そうなんだ。ヴォルデモートは非常にうまい手を使っている。大臣宣言をすれば、あからさまな反乱を誘発していたかもしれない。黒幕にとどまることで、混乱や不安や恐怖を引き起こしているのだ」

「それで、魔法省の政策の大転換というのは」ハリーが口を挟む。「魔法界に対して、ヴォルデモートではなく、僕を警戒するようにということなんですか？」

「もちろんそれもある」

ルーピンが答える。

「それに、それが政策の見事なところだ。ダンブルドアが死んだいま、君が――生き残った男の子が――ヴォルデモートへの抵抗勢力の象徴的存在となり、扇動の中心になることはまちがいない。しかし、君が昔の英雄の死にかかわったと示唆することで、君の首に懸賞金をかけたばかりでなく、君を擁護する可能性のあったたくさんの魔法使いの間に、疑いと恐れの種を撒いたことになる」

「一方、魔法省は、反マグル生まれの動きを始めた」

ルーピンは「日刊予言者(にっかんよげんしゃ)」を指さした。

「二面を見てごらん」

ハーマイオニーは『深い闇の秘術』に触れたときと同じ表情で、おぞましそうに新聞をめくる。

「マグル生まれ登録」

ハーマイオニーは、声を出して読んだ。

「魔法省は、いわゆる『マグル生まれ』の調査を始めた。彼らは、なぜ魔法の秘術を所有するようになったかの理解を深めるためだ。

神秘部による最近の調査によれば、魔法は、魔法使いの子孫が生まれることによってのみ、人から人へと受け継がれる。それゆえ、魔法使いの祖先を持つことが証明されない場合、いわゆるマグル生まれの者が魔法力を持つ場合は、窃盗(せっとう)または暴力によって得た可能性がある。

魔法省は、かかる魔法力の不当な強奪者を根絶やしにすることを決意し、その目的のために、すべてのいわゆるマグル生まれの者に対して、新設の『マグル生まれ登録委員会』による面接に出頭するよう招請した」

「そんなこと、みんなが許すもんか」ロンが言った。

「ロン、もう始まっているんだ」

ルーピンが真剣な顔で言う。

「こうしている間にも、マグル生まれ狩が進んでいる」

「だけど、どうやって魔法を『盗んだ』って言うんだ？」

ロンが当然の疑問を口にする。

「まともじゃないよ。魔法が盗めるなら、スクイブはいなくなるはずだろ？」

「そのとおりだ」ルーピンが言う。「にもかかわらず、近親者に少なくとも一人魔法使いがいることを証明できなければ、不法に魔法力を取得したとみなされ、罰を受けなければならない」

ロンは、ハーマイオニーをちらりと見て言う。

「純血や半純血のだれかがマグル生まれの者を、家族の一員だと宣言したらどうかな？　僕、ハーマイオニーがいとこだって、みんなに言うよ――」

ハーマイオニーは、ロンの手に自分の手を重ねてぎゅっとにぎる。

「ロン、ありがとう。でも、あなたにそんなことさせられないわ――」

「君には選択の余地がないんだ」

ロンがハーマイオニーの手をにぎり返して、強い口調で言い切った。

「僕の家系図を教えるよ。君が質問に答えられるように」

ハーマイオニーは弱々しく笑う。

「ロン、私たちは、最重要指名手配中のハリー・ポッターと一緒に逃亡しているのよ。だから、そんなことは問題にならないわ。私が学校にもどるなら、事情はちがうでしょうけれど。ヴォルデモートは、ホグワーツにどんな計画を持っているの？」

ハーマイオニーがルーピンに聞く。

「学齢児童は、魔女も魔法使いも学校に行かなければならなくなった」

ルーピンが答える。

「告知されたのは昨日だ。これまでは義務ではなかったから、これは一つの変化と言える。もちろん、イギリスの魔女、魔法使いはほとんどがホグワーツで教育を受けているが、いままでは両親が望めば、権利として家庭で教育することも外国に留学させることもできた。入学の義務化で、ヴォルデモートは、この国の魔法界の全人口を学齢時から監視(かんし)下に置くことになるんだ。またそれが、マグル生まれを取り除く一つの方法にもなる。なぜなら、入学を許可されるには『血統書(けっとうしょ)』――つまり、魔法省から、自分が魔法使いの子孫であることを証明するという証をもらわなければならないからだ」

ハリーは、怒りで吐(は)き気を催した。いまこのときにも、十一歳の子供たちが胸を躍らせ、何冊もの新しい呪文集に見入っていることだろう。ホグワーツを見ずじまいになることも、おそらく家族に二度と会えなくなるだろうことも知らずに。

「それは……それって……」

ハリーは言葉に詰まった。頭に浮かんだ恐ろしい考えを、十分に言い表す言葉を探してもがく。しかし、ルーピンが静かにうなずく。

「わかっているよ」

それからルーピンは躊躇しながら言葉に出した。

「ハリー、これから言うことを、君にそうだと認められなくともかまわない。が、騎士団は、ダンブルドアが君に、ある使命を遺したのではないかと考えている」

「そうです」ハリーが答えた。「それに、ロンとハーマイオニーも同じ使命を帯びて、僕と一緒に行きます」

「それがどういう使命か、私に打ち明けてはくれないか？」

ハリーは、ルーピンの顔をじっと見る。豊かな髪は白髪が増え、年より老けてしわの多い顔を縁取っている。ハリーは、別な答えができたらよいのにと思う。

「リーマス、ごめんなさい。僕にはできない。ダンブルドアがあなたに話していないのなら、僕からは話せない」

「そう言うと思った」

ルーピンは失望したようだ。

「しかし、それでも私は君の役に立つかもしれない。私が何者で、なにができるか、知っているね。君に同行して、守ってあげられるかもしれない。君がなにをしようとしているかを、はっきり話してくれる必要はない」

ハリーは迷った。受け入れたくなる申し出だ。しかし、ルーピンがいつも一緒にいるとなれば、どうやったら三人の任務を秘密のままにしておけるのか、考えが浮かばない。

ところが、ハーマイオニーは怪訝(けげん)そうな顔でルーピンに問いかける。

「でも、トンクスはどうなるの?」

「トンクスがどうなるって?」ルーピンが聞き返す。

「だって」ハーマイオニーが顔をしかめる。「あなたたちは結婚しているわ! あなたが私たちと一緒に行ってしまうことを、トンクスはどう思うかしら?」

「トンクスは、完全に安全だ」ルーピンが答えた。「実家に帰ることになるだろう」

ルーピンの言い方に、なにか引っかかるものがある。ほとんど突き放すような言い方と言ってもいい。トンクスが両親の家に隠れて過ごすという考えも、なにか変だ。トンクスは、なんと言っても騎士団のメンバーであり、ハリーが知るかぎり戦いの最中にいたがる性分だ。

「リーマス」

ハーマイオニーが遠慮がちに聞く。

「うまくいっているのかしら……あの……あなたと――」

「すべてうまくいっている。どうも」

ルーピンは、余計な心配だと言わんばかりの口ぶりだ。

ハーマイオニーは赤くなる。しばらく間があく。気詰まりでばつの悪い沈黙だった。やがてリーマス・ルーピンが、意を決して不快なことを認めるという雰囲気で口を開いた。

「トンクスは妊娠している」

「まあ、素敵！」ハーマイオニーが歓声を上げた。

「いいぞ！」ロンが心から喜ぶ。

「おめでとう」ハリーが祝いを言う。

ルーピンは作り笑いをしたが、むしろしかめ面に見える。

「それで……私の申し出を受けてくれるのか？　三人が四人になるか？　ダンブルドアが承知しないとは考えられない。なんと言っても、あの人が私を闇の魔術に対する防衛術の教師に任命したんだからね。それに言っておくが、我々は、ほとんどだれも出会ったことがなく、想像したこともないような魔法と対決することになるにちがいないんだ」

ロンとハーマイオニーが、同時にハリーを見た。

「ちょっと――ちょっと確かめたいんだけど」ハリーがたずねる。「トンクスを実家に置いて、僕たちと一緒にきたいんですか？」

「あそこにいれば、トンクスは完璧に安全だ。両親が面倒をみてくれるだろう」

ルーピンが答えたが、ルーピンの言い方は、ほとんど冷淡と言ってよいほどきっぱりしていた。

「ハリー、ジェームズならまちがいなく、私に君と一緒にいて欲しいと思ったにちがいない」

「さあ」ハリーは、考えながらゆっくりと返した。

「僕はそうは思わない。はっきり言って、僕の父はきっと、あなたがなぜ自分自身の子供と一緒にいないのかと、わけを知りたがっただろうと思う」

ルーピンの顔から血の気が失せる。厨房の温度が十度も下がってしまったかのようだ。ロンは、まるで厨房を記憶せよと命令されたかのようにじっと見回している。ハーマイオニーの目は、ハリーとルーピンの間を目まぐるしく往ったりきたりした。

「君にはわかっていない」しばらくして、やっとルーピンが口を開いた。

「それじゃ、わからせてください」ハリーが言う。

ルーピンは、ごくりと生唾を飲んだ。

「私は――私はトンクスと結婚するという、重大な過ちを犯した。自分の良識に逆らう結婚だった。それ以来、ずっと後悔してきた」

「そうですか」ハリーが直言する。「それじゃ、トンクスも子供も棄(す)てて、僕たちと一緒に逃亡するというわけですね?」

ルーピンはいきなり立ち上がった。椅子が後ろにひっくり返る。ハリーを睨(にら)みつける目のあまりの激しさに、ハリーはルーピンの顔にはじめて狼の影を見た。

「わからないのか！　妻にも、まだ生まれていない子供にも、私がなにをしてしまったか！　トンクスと結婚すべきではなかった。私はあれを、世間ののけ者にしてしまった！」

ルーピンは、倒した椅子を蹴りつける。

「君は、私が騎士団の中にいるか、ホグワーツでダンブルドアの庇護(ひご)の下にあった姿しか見てはいない！　魔法界の大多数の者が、私のような生き物をどんな目で見るか、君は知らないんだ！　私が背負っている病がわかると、連中はほとんど口もきいてくれない！　私がなにをしてしまったのか、わからないのか?　トンクスの家族でさえ、私たちの結婚には嫌悪感を持ったんだ。一人娘を狼人間に嫁がせたい親がどこにいる?　それに子供は――子供は――」

ルーピンは自分の髪を両手で鷲づかみにし、発狂せんばかりになっていた。

「私の仲間は、普通は子供を作らない！　私と同じになる。そうにちがいない――それを知りながら、罪もない子供にこんな私の状態を受け継がせる危険を冒した自分が許せない！　もしも奇跡が起こって、子供が私のようにならないとしたら、その子には父親がいないほうがいい。自分が恥に思うような父親は、いないほうが百倍もいい！」

「リーマス！」

ハーマイオニーが目に涙を浮かべて、小声で訴える。

「そんなことを言わないで――あなたのことを恥に思う子供なんて、いるはずがないでしょう？」

「へえ、ハーマイオニー、そうかな」ハリーが反抗的に言葉を投げつける。「僕なら、とても恥ずかしいと思うだろうな」

ハリーは、自分の怒りがどこからくるのかわからなかったが、その怒りがハリーを立ち上がらせた。ルーピンは、ハリーになぐられたような顔をしている。

「新しい体制が、マグル生まれを悪だと考えるなら」ハリーは話し続ける。「あの連中は、騎士団員の父親を持つ半狼人間をどうするでしょう？　僕の父は母と僕を護ろうとして死んだ。それなのに、その父があなたに、子供を棄てて僕たちと一緒に冒険に出かけろと、そう言うとでも思うんですか？」

「よくもそんなことが――そんなことが言えるな」

ルーピンが言い返す。

「なにかを望んでのことじゃない――冒険とか個人的な栄光とか――どこを突ついたらそんなものが出て――」

「あなたは、少し向こう見ずな気持ちになっている」ハリーがさらに言い足す。「シリウスと同じことをしたいと思っている――」

「ハリー、やめて！」

ハーマイオニーがすがるように止めたが、ハリーは青筋を立てたルーピンの顔を睨(にら)みつけたままでいた。

「僕には信じられない」ハリーが言葉を続ける。「僕に吸魂鬼との戦い方を教えた人が――腰抜けだったなんて」

ルーピンは杖(つえ)を抜いた。あまりの速さに、ハリーは自分の杖に触れる間もなかった。バーンと大きな音とともに、ハリーはなぐり倒されたように仰向けに吹っ飛んだ。厨房(ちゅうぼう)の壁にぶつかりずるずると床に滑り落ちたとき、ハリーはルーピンのマントの端がドアの向こうに消えるのを目にした。

「リーマス、リーマス、もどってきて！」

ハーマイオニーがさけぶが、ルーピンは応(こた)えない。まもなく玄関の扉がバタンと閉まる音が聞こえた。

「ハリー！」ハーマイオニーは泣き声だ。「あんまりだわ！」

「いくらでも言ってやる」

そう言うと、ハリーは立ち上がった。壁にぶつかった後頭部に瘤がふくれ上がるのを感じる。怒りが収まらず、ハリーはまだ体を震わせていた。

「そんな目で僕を見るな！」

ハリーはハーマイオニーに嚙みつく。

「ハーマイオニーに八つ当たりするな！」

ロンがうなるように文句を言う。

「だめ――だめよ――けんかしちゃだめ！」

ハーマイオニーが二人の間に割って入る。

「あんなこと、ルーピンに言うべきじゃなかったぜ」ロンがハリーに言う。

「身から出た錆だ」

ハリーの心には、ばらばらなイメージが目まぐるしく出入りしていた。ベールの向こうに倒れるシリウス、宙に浮くダンブルドアの折れ曲がった体、緑の閃光と母親のさけび声、哀れみを請う声……。

「親は」ハリーが言う。「子供から離れるべきじゃない。でも――でも、どうしてもというときだけは」

「ハリー――」

ハーマイオニーが、慰めるように手を伸ばす。しかしハリーはその手を振りはらって暖炉のほうに歩く。一度この暖炉の中からルーピンと話をしたことがある。父親のことで確信が持てなくなったときだ。ルーピンは、ハリーを慰めてくれた。いまは、ルーピンが苦しんでいる。蒼白な顔が、ハリーの目の前をぐるぐると回っているような気がする。後悔がどっと押し寄せてきて、ハリーは気分が悪くなった。ロンもハーマイオニーも黙っている。しかし、二人が背後で見つめ合い、無言の話し合いをしていることは感じている。

振り向くと、二人はあわてて顔を背け合う。

「わかってるよ。ルーピンを腰抜け呼ばわりすべきじゃなかった」

「ああ、そうだとも」ロンが即座に肯定する。

「だけどルーピンは、そういう行動を取った」

「それでもよ……」ハーマイオニーが言い募った。

「わかってる」ハリーが言う。「でも、それでルーピンがトンクスのところにもどるなら、言ったかいがある。そうだろう？」

ハリーの声には、そうであって欲しいという切実さが滲んでいる。ハーマイオニーはわかってくれたようだが、ロンは曖昧な表情でいる。ハリーは足元を見つめて父親のことを考えた。ジェームズは、ハリーがルーピンに言ったことを肯定してくれるだろうか、それとも息子が旧友にあのような仕打ちをしたことを怒るだろうか？

静かな厨房が、ついさきほどの場面の衝撃と、ロンとハーマイオニーの無言の非難でじんじん鳴っているような気がする。ルーピンが持ってきた「日刊予言者新聞」がテーブルに広げられたまま置かれている。一面のハリーの写真が天井を睨んでいた。ハリーは新聞に近づいて腰を掛け、脈絡もなく紙面をめくって読んでいるふりをする。まだルーピンとのやり取りのことで頭が一杯で、文字は頭に入らない。「予言者新聞」の向こう側では、ロンとハーマイオニーが、また無言の話し合いを始めたにちがいない。ハリーは大きな音を立ててページをめくる。すると、ダンブルドアの名前が目に飛び込んできた。家族の写真がある。その意味が飲み込めるまで、一呼吸か二呼吸かかった。写真の下に説明がある。

「ダンブルドア一家　左からアルバス、生まれたばかりのアリアナを抱くパーシバル、ケンドラ、アバーフォース」

目が吸い寄せられ、ハリーは写真をじっくり見る。ダンブルドアの父親のパーシバルは美男子で、セピア色の古い写真にもかかわらず、目が悪戯っぽく輝いている。赤ん坊のアリアナは、パン一本より少し長いくらいで、顔貌もパンと同じようによくわからない。母親のケンドラは、漆黒(しっこく)の髪を髷(まげ)にして頭の高いところで留めている。彫刻のような雰囲気の顔だ。ハイネックの絹のガウンを着ていたが、その黒い瞳、頬骨の張った顔、まっすぐな鼻を見ていると、ハリーはアメリカ先住民の顔を思い起こした。アルバスとアバーフォースは、お揃いのレース襟(えり)のついた上着を着て、肩で切り揃えたまったく同じ髪型をしている。アルバスがいくつか年上には見えたが、それ以外は二人はとてもよく似ている。これは、アルバスの鼻が折れる前で、メガネをかける前のものだ。

ごく普通の幸せな家族に見える。写真は新聞から平和に笑いかけてくる。赤ん坊のアリアナが、お包(くる)みから出した腕をわずかに振っている。ハリーは写真の上の見出しを読んだ。

リータ・スキーター著

アルバス・ダンブルドアの伝記〔近日発売〕より抜粋　《独占掲載》

落ち込んだ気持ちがこれ以上悪くなることはないだろうと、ハリーは記事を読みはじめる。

夫のパーシバルが逮捕され、アズカバンに収監されたことが広く報じられたあと、誇り高く気位の高いケンドラ・ダンブルドアは、モールド-オン-ザ-ウォルドに住むことが耐えられなくなった。そこで、そこを引きはらい、家族全員でゴドリックの谷に移ることに決めた。この村は、後日、ハリー・ポッターが「例のあの人」から不思議にも逃れた事件で有名になる。

　モールド-オン-ザ-ウォルド同様、ゴドリックの谷にも多くの魔法使いが住んでいたが、ケンドラの顔見知りは一人もおらず、それまで住んでいた村のように、夫の犯罪のことで好奇の目を向けられることはないだろうと、ケンドラは考えた。

　新しい村では、近所の魔法使いたちの親切な申し出を繰り返し断ることで、ケンドラはまもなく、ひっそりとした家族だけの暮らしを確保した。

「私が手作りの大鍋ケーキを持って、引っ越し祝いにいったときなんぞ、鼻先でドアを閉められたよ」

　バチルダ・バグショットはそう語る。

「ここに越してきた最初の年は、二人の息子をときどき見かけるだけだった。その年の冬に、私が月明かりで鐘鳴り草を摘んでいなかったら、娘がいることは知らずじまいだったろうね。そのときに、ケンドラがアリアナを裏庭に連れ出しているのを見たんだよ。娘の手をしっかりにぎって芝生をひとまわりさせ、また家の中に連れもどしたんだ。いったいどう考えていいやら、わからなかったよ」

ケンドラはゴドリックの谷への引っ越しが、アリアナを永久に隠してしまうには持ってこいの機会だと考えたようだ。彼女はたぶん何年も前から、そのことを計画していたのだろう。タイミングに重要な意味がある。アリアナが人前から消えたときは、やっと七つになるかならないかの年だった。七歳というのは、魔法力がある場合には、それが現れる年だということで多くの専門家の意見が一致する。現在生きている魔法使いの中で、ほんのわずかにでも魔法力を示したアリアナを記憶している者はいない。

つまり、ケンドラが、スクイブを生んだ恥に耐えるより、娘の存在を隠してしまおうと決めたのは明らかだ。アリアナを知る友人や近所の人たちから遠ざかることで、アリアナを閉じ込めやすくなったのは言わずもがなのこと。それまでアリアナの存在を知っていたごくわずかの者は、秘密を守ると信用の置ける人たちばかりで、たとえば二人の兄は、母親に教え込まれた答えで、都合の悪い質問をかわした。「妹は体が弱くて学校には行けない」

来週に続く

ホグワーツでのアルバス・ダンブルドア——語り草か騙り者か

ハリーの考えは甘かった。読んでみれば、ますます気持ちが落ち込むばかり。ハリーは、一見幸せそうな家族の写真をもう一度見る。本当だろうか？　どうやったら確認できるのだろう？　ハリーはゴドリックの谷に行きたかった。たとえバチルダがハリーに話せるような状態ではなくとも、それでも行ってみたい。ダンブルドアも自分も、ともに愛する人たちを失った場所に行ってみたいのだ。ロンとハーマイオニーに意見を聞こうとハリーが新聞を下ろしかけたそのとたん、バチンと厨房中に響く大きな音がした。

この三日間ではじめて、ハリーはクリーチャーのことをすっかり忘れている自分に気づいた。とっさにハリーは、ルーピンがすさまじい勢いで厨房にもどってきたのではないかと思った。だから、座っている椅子のすぐ横に突如現れて手足をばたつかせている塊がなんなのか、すぐにはわからなかった。ハリーが急いで立ち上がると、塊から身を解いたクリーチャーが深々とお辞儀し、しわがれ声で告げた。

「ご主人様、クリーチャーは盗っ人のマンダンガス・フレッチャーを連れてもどりました」

あたふたと立ち上がったマンダンガスが杖を抜いたが、ハーマイオニーの速さには敵わない。

「エクスペリアームス！　武器よ去れ！」

マンダンガスの杖が宙に飛び、ハーマイオニーがそれを捕える。マンダンガスは、狂ったように目をぎょろつかせて階段へとダッシュしていったが、ロンのタックルの前に、ぐしゃっと鈍い音を立てて石の床に倒れた。

「なんだよう？」

がっちりつかんでいるロンの手から逃れようと、身をよじりながらマンダンガスがさけぶ。

「おれがなにしたって言うんだ？　屋敷しもべ野郎をけしかけやがってよう。いったいなにふざけてやがんだ。おれがなにしたって言うんだ。放せ、放しやがれ、さもねえと——」

「脅しをかけられるような立場じゃないだろう」

ハリーは新聞を投げ捨て、ほんの数歩で厨房を横切りマンダンガスの傍らに膝をつく。マンダンガスはじたばたするのをやめ、怯えた顔になっている。ロンは息をはずませながら立ち上がり、ハリーが慎重にマンダンガスの鼻に杖を突きつけるのを見ている。マンダンガスは、饐えた汗とタバコの臭いをぷんぷん漂わせ、髪はもつれてローブは薄汚れていた。

「ご主人様、クリーチャーは盗っ人を連れてくるのが遅れたことをお詫びいたします」

しもべ妖精がしわがれ声で言う。

「フレッチャーは捕まらないようにする方法を知っていて、隠れ家や仲間をたくさん持っています。それでもクリーチャーは、とうとう盗っ人を追いつめました」

「クリーチャー、君はほんとによくやってくれたよ」

ハリーがそう言うと、しもべ妖精は深々と頭を下げる。

「さあ、おまえに少し聞きたいことがあるんだ」

ハリーが言うと、マンダンガスはすぐさまわめき出した。

「うろたえっちまったのよう、いいか？　おれはよう、一緒に行きてえなんて、いっぺんも言ってねえ。へん、悪く思うなよ。けどなぁ、おめえさんのためにすんで死ぬなんて、一度も言ってねえ。そんで、あの『例のあの人』野郎が、おれめがけて飛んできやがってよう。だれだって逃げらあね。おれはよう、はじめっからやりたくねえって――」

「言っておきますけど、ほかにはだれも『姿くらまし』した人はいないわ」

ハーマイオニーが決然として言う。

「へん、おめえさんたちは、そりゃご立派な英雄さんたちでござんしょうよ。だけどよう、おれはいっぺんだって、てめえが死んでもいいなんて、かっこつけたこたぁねえぜ」

「おまえがなぜマッド‐アイを見捨てて逃げたかなんて、僕たちには興味はない」

ハリーはマンダンガスの血走って垂れ下がった目に、さらに杖(つえ)を近づける。

「おまえが信頼できないクズだってことは、僕たちにはとっくにわかっていた」

「ふん、そんなら、なんでおれはしもべ妖精に狩り出されなきゃなんねえんだ？　それとも、また例のゴブレットのことか？　えっ？　もう一つっつも残ってねえよ。そんでなきゃ、おまえさんにやるけどよう――」

「ゴブレットのことでもない。もっとも、なかなかいい線いってるけどね」

ハリーは追及を続ける。

「黙って聞け」

なにかすることがあるのはいい気分だ。ほんの少しでも、だれかに真実を話せと言えるのはいい気分だった。鼻柱にくっつくほど近くに突きつけられたハリーの杖から、目を離すまいとしてマンダンガスは寄り目になっている。

「おまえがこの屋敷から貴重品をさらって行ったとき――」

ハリーは話しはじめたが、またしてもマンダンガスに遮(さえぎ)られた。

「シリウスはよう、気にしてなかったぜ、ガラクタのことなんぞ――」

パタパタという足音がして、銅製のなにかがピカリと光ったかと思うや、グワーンという響きと痛そうな悲鳴が聞こえた。クリーチャーがマンダンガスに駆け寄って、ソース鍋で頭をなぐったのだ。

「こいつをなんとかしろ、やめさせろ。檻に入れとけ!」

クリーチャーがもう一度分厚い鍋を振り上げたので、マンダンガスは頭を抱えて悲鳴を上げた。

「クリーチャー、よせ!」ハリーがさけぶ。

クリーチャーの細腕が、高々と持ち上げた鍋の重さでわなわな震えている。

「ご主人様、もう一度だけよろしいでしょうか? ついでですから」

ロンが声を上げて笑った。

「クリーチャー、気を失うとまずいんだよ。だけど、こいつを説得する必要が出てきたら、君にその仕切り役を果たしてもらうよ」

「ありがとうございます、ご主人様」

クリーチャーはお辞儀をして少し後ろに下がったが、大きな薄い色の眼は、憎々しげにマンダンガスを睨みつけたままでいる。

「おまえがこの屋敷から、手当たり次第に貴重品を持ち出したとき」ハリーはもう一度話しはじめる。「厨房の納戸からもひと抱え持ち去った。その中にロケットがあったはずだ」

ハリーは、突然口の中がからからになる。ロンとハーマイオニーも緊張し、興奮しているのがわかった。

「それをどこにどうした?」

「なんでだ?」マンダンガスが聞く。「値打ちもんか?」

「まだ持っているんだわ!」ハーマイオニーが声を上げる。

「いや、持ってないね」ロンは鋭く見抜いている。「もっと高く要求したほうがよかったんじゃないかって、そう思ってるんだ」

「もっと高く?」

マンダンガスがおもしろくもなさそうに答える。

「そいつぁどえらく簡単にできただろうぜ……忌々(いまいま)しいが、ただでくれてやったんでよう。どうしようもねえ」

「どういうことだ?」

「おれはダイアゴン横丁で売ってたのよ。そしたらあの女がきてよう、魔法製品を売買する許可を持ってるか、ときやがった。まったく余計なお世話だぜ。罰金を取るとぬかしやがった。けどロケットに目を止めてよう、それをよこせば、今度だけは見逃してやるから幸運と思え、とおいでなすった」

「その魔女、だれだい?」ハリーが聞いた。

「知らねえよ。魔法省のばばあだ」

マンダンガスは、眉間にしわを寄せて一瞬考えた。

「小せえ女だ。頭のてっぺんにリボンだ」

マンダンガスは、顔をしかめてもう一言追加する。

「ガマガエルみてえな顔だったな」

ハリーは杖を取り落とす。それがマンダンガスの鼻に当たって赤い火花が眉毛に飛び、眉に火が点いた。

「アグアメンティ！　水よ！」

ハーマイオニーのさけびとともに杖から水が噴き出し、アワアワ言いながら咽せ込んでいるマンダンガスを包み込んだ。

顔を上げたハリーは、自分が受けたと同じ衝撃が、ロンとハーマイオニーの顔にも表れているのを見た。右手の甲の傷痕が、ふたたび疼くような気がした。

第12章　魔法は力なり

八月も残り少なくなり、伸び放題だったグリモールド・プレイス広場の中央にある草も暑さで萎び、濃茶色に干からびている。十二番地の住人は、周囲の家のだれとも顔を合わせず、十二番地そのものもだれにも見られていない。グリモールド・プレイスのマグルの住人は、十一番地と十三番地が隣合わせになっているというなんとも間の抜けたまちがいに、ずいぶん前から慣れっこのようだ。

にもかかわらず近ごろ、不揃いの番地に興味を持ったらしい訪問者が、ぽつりぽつりとこの広場を訪れている。ほとんど毎日のように、一人二人とグリモールド・プレイスにやってきては、それ以外にはなんの目的もないように――少なくとも傍目にはそう見えた――十一番地と十三番地に面した柵に寄りかかり、二軒の家の境目をじっと眺めている。同じ人間が二日続けてくることはなかったが、あたりまえの服装を嫌うという点では、全員が共通しているように見える。突拍子もない服装を見慣れている通りすがりのロンドンっ子たちは、たいがいほとんど気にも止めない様子だったが、たまに振り返る人は、この暑いのにどうして長いマントを着ているのだろうと、訝るような目で見ていた。

見張っている訪問者たちは、満足な成果がほとんど得られない様子だった。ときどき、ついにおもしろいものが見えたとでもいうように、興奮した様子で前に進み出ることもあったが、結局落胆顔でまた元の位置にもどるのが常だった。

九月の最初の日には、これまでより多くの人数が広場を徘徊していた。長いマントを着た男が六人、押し黙って目を光らせ、いつものように十一番地と十三番地の家を見つめている。しかし、待っているものがなんであれ、それをまだつかみ切れてはいないようだ。夕方近くになって、にわかにここ何週間かなかったような冷たい雨が降り出す。そのとき、見張りたちは、なにがそうさせるのかは不明だったが、またしてもなにかおもしろいものを見たような素振りを見せた。ひん曲がった顔の男が指さし、その一番近くにいた青白いずんぐりした男が前に進んだ。しかし次の瞬間、男たちはまた元のように動かない状態にもどり、いらだったり落胆したりしている様子を見せていた。

そのとき十二番地では、ハリーがちょうど玄関ホールに入ってくるところだった。扉の外の石段の一番上に「姿現わし」をした際に、バランスを崩しかけて一瞬突き出した肘を死喰い人に見られた可能性もあると思った。玄関の扉をしっかり閉め、ハリーは透明マントを脱いで腕にかけ、薄暗いホールを地下への入口へと急ぐ。その手には、失敬してきた「日刊予言者新聞」がしっかりにぎられている。

いつものように「セブルス・スネイプか？」と問う低いささやきがハリーを迎え、冷たい風がさっと吹き抜けたかと思うと、ハリーの舌が一瞬丸まる。

「あなたを殺したのは僕じゃない」舌縛りが解けると同時にハリーはそう言い、人の姿を取る呪いのかかった埃が爆発するのに備えて息を止める。厨房への階段の途中まで下り、ブラック夫人には聞こえない、しかも舞い上がる埃がもう届かないところまできてはじめて、ハリーは声を張り上げた。

「ニュースがあるよ。気に入らないやつだろうけど」

厨房は見違えるようになっている。なにもかもが磨き上げられ、鍋やフライパンは赤銅色に輝き、木のテーブルはピカピカだ。ゴブレットや皿はもう夕食用に並べられて、楽しげな暖炉の炎をちらちらと映している。暖炉にかけられた鍋からは、グツグツ煮えるおいしそうな匂いが漂ってくる。しかし厨房のそんな変化も、しもべ妖精の変わりように比べればなにほどのこともない。ハリーのほうにいそいそと駆け寄るしもべ妖精は、真っ白なタオルを着て、耳の毛は清潔で綿のようにふわふわしている。レギュラスのロケットが、そのやせた胸でポンポン飛び跳ねていた。

「ハリー様、お靴をお脱ぎください。それから夕食の前に手を洗ってください」

クリーチャーはしわがれ声でそう言うと、透明マントを預かって前屈みに壁の洋服掛けまで歩いてそこに掛けた。壁には流行後れのローブが何着か、きれいに洗って掛けてある。

「なにが起こったんだ？」

ロンが心配そうに聞く。ロンとハーマイオニーは、二人で走り書きのメモや手書きの地図の束を長テーブルの一角に散らかして調べ物の最中だったが、二人とも気を高ぶらせて近づいてくるハリーに目を向ける。ハリーは散らばった羊皮紙の上に、新聞をぱっと広げた。

見知った鉤鼻と黒い髪の男が大写しになって三人を見上げ、睨んでいる。その上に大見出しがある。

セブルス・スネイプ、ホグワーツ校長に確定
「まさか！」ロンもハーマイオニーも大声を出す。

ハーマイオニーの手が一番早かった。新聞をさっと取り上げ、その記事を読み上げはじめる。

「歴史あるホグワーツ魔法魔術学校における一連の人事異動で、最重要職の一つである校長が本日任命された。新校長セブルス・スネイプ氏は、長年『魔法薬学』の教師として勤めた人物である。前任者の辞任に伴い『マグル学』は、アレクト・カロー女史がその後任となり、空席となっていた『闇の魔術に対する防衛術』には、カロー女史の兄であるアミカス・カロー氏が就任する」

「『わが校における最善の魔法の伝統と価値を高揚する機会を、我輩は歓迎する――』ええ、そうでしょうよ。殺人とか人の耳を切り落とすとかね！　スネイプが、校長！　スネイプがダンブルドアの書斎に入るなんて――マーリンの猿股！」

ハーマイオニーのかん高い声に、ハリーもロンも飛び上がる。ハーマイオニーはぱっと立ち上がり、「すぐもどるわ！」とさけびながら矢のように部屋から飛び出す。

「『マーリンの猿股』？」ロンは、さもおもしろそうににやっとする。「きっと頭にきたんだな」ロンは新聞を引き寄せて、スネイプの記事を流し読みした。

「ほかの先生たちはこんなの、がまんできないぜ。マクゴナガル、フリットウィック、スプラウトなんか、ほんとのことを知ってるしな。ダンブルドアがどんなふうに死んだかって。スネイプ校長なんて、受け入れないぜ。それに、カロー兄妹って、だれだ？」

「死喰い人だよ」ハリーが言う。「中のほうに写真が出てる。スネイプがダンブルドアを殺したとき、塔の上にいた連中だ。つまり、全部お友達さ。それに――」

ハリーは椅子を引き寄せながら苦々しく言い捨てる。

「ほかの先生は学校に残るしかないと思う。スネイプの後ろに魔法省とヴォルデモートがいるとなれば、留まって教えるか、アズカバンで数年ゆっくり過ごすかの選択だろうし――それさえも、運がよけりゃの話だ。きっと留まって生徒たちを護ろうとすると思うよ」

大きなスープ鍋を持ったクリーチャーが、まめまめしくテーブルにやってきて、口笛を吹きながら、清潔なスープ皿にお玉でスープを分け入れる。

「ありがとう、クリーチャー」

ハリーは礼を言いながら、スネイプの顔を見なくてすむように「予言者新聞」をひっくり返す。

「まあ、少なくとも、これでスネイプの正確な居場所がわかったわけだ」

ハリーはスープをすくって飲みはじめた。クリーチャーは、レギュラスのロケットを授与されて以来、驚異的に料理の腕を上げた。今日のフレンチオニオンスープなど、ハリーがいままでに味わった中でも最高と言える。

「死喰い人がまだたくさん、ここを見張っている」

食事をしながらハリーがロンに言う。

「いつもより多いんだ。まるで、僕たちが学校のトランクを引っ張ってここから堂々と出かけ、ホグワーツ特急に向かうと思ってるみたいだ」

ロンは、ちらりと腕時計を見る。

「僕もそのことを一日中考えていたんだ。列車はもう六時間も前に出発した。乗ってないなんて、なんだか妙ちくりんな気持ちがしないか？」

かつてロンと一緒に空から追いかけた紅の蒸気機関車が、ハリーの目に浮かぶ。野原や丘陵地の間をかすかに光りながら、紅の蛇のようにくねくねと走っていた。いまごろきっとジニーやネビル、ルーナが一緒に座って、おそらくハリーやロン、ハーマイオニーはどこにいるのだろうと心配しているか、そうでなければ、どうやったらスネイプ新体制を弱体化できるかを議論していることだろう。

「たったいま、ここにもどってきたのを、連中に見られるところだった」ハリーが言う。「階段の一番上にうまく着地できなくて、それに透明マントが滑り落ちたんだ」

「僕なんかしょっちゅうさ。あ、もどってきた」

ロンは椅子に腰掛けたまま首を伸ばして、ハーマイオニーが厨房に入ってくるのを見ている。

「それにしても、マーリンの特大猿股！ そりゃなんだい？」

「これを思い出したの」ハーマイオニーは息を切らしながら言った。

ハーマイオニーは持ってきた大きな額入りの絵を床に下ろし、厨房の食器棚から小さなビーズのバッグを取って、バッグの口から額を中に押し込みはじめる。どう見てもそんな小さなバッグに納まるはずがないのに、ほかのいろいろなものと同様、額はあっという間にバッグの広大な懐へと消えていった。

「フィニアス・ナイジェラスよ」

ハーマイオニーは、いつものようにガランゴロンという音を響かせながらバッグをテーブルに投げ出して、説明する。

「えっ？」

ロンは聞き返したが、ハリーにはわかった。フィニアス・ナイジェラス・ブラックは、グリモールド・プレイスと校長室とに掛かっている二つの肖像画の間を往き来できる。いまごろスネイプは、あの塔の上階の円形の部屋に勝ち誇って座っているにちがいない。ダンブルドアの集めた繊細な銀の計器類や石の「憂いの篩」、「組分け帽子」、それに、どこかに移されていなければ「グリフィンドールの剣」などを我が物顔に所有して――。

「スネイプは、フィニアス・ナイジェラスをこの屋敷に送り込んで、偵察させることができるわ」

ハーマイオニーは自分の椅子にもどりながらロンに解説する。

「でも、いまそんなことさせてごらんなさい。フィニアス・ナイジェラスには私のハンドバッグの中しか見えないわ」

「あったまいい！」ロンが感心する。

「ありがとう」

ハーマイオニーはスープ皿を引き寄せながらにっこりした。

「それで、ハリー、今日はほかにどんなことがあったの？」

「なんにも」ハリーが答える。「七時間も魔法省の入口を見張ったのに、あの女は現れない。でも、ロン、君のパパを見たよ。元気そうだった」

ロンは、この報せがうれしいというようにうなずく。三人とも、魔法省に出入りするウィーズリー氏に話しかけるのは危険すぎる、という意見で一致していた。いつも必ず、魔法省のほかの職員に囲まれている。しかし、ときどきこうして姿を見かけると、たとえウィーズリー氏が心配そうな緊張した顔をしていても、やはりほっとさせられる。

「パパがいつも言ってたけど、魔法省の役人は、たいてい『煙突飛行ネットワーク』で出勤するらしい」ロンが情報を提供する。「だからきっと、アンブリッジを見かけないんだ。絶対歩いたりしないさ。自分が重要人物だと思ってるもんな」

「それじゃ、あのおかしな年寄りの魔女と、濃紺のローブを着た小さい魔法使いはどうだったの？」ハーマイオニーが聞いた。

「ああ、うん、あの魔法ビル管理部のやつか」ロンが言う。

「魔法ビル管理部で働いているってことが、どうしてわかるの？」ハーマイオニーのスープスプーンが空中で止まる。

「パパが言ってた。魔法ビル管理部では、みんな濃紺のローブを着てるって」

「そんなこと、一度も教えてくれなかったじゃない！」

ハーマイオニーはスプーンを取り落とし、ハリーが帰ってきたときにロンと二人で調べていたメモや地図の束を引き寄せる。

「この中には濃紺のローブのことなんか、なんにもないわ。なに一つ！」

ハーマイオニーは、大あわてであちこちのページをめくりながら言った。

「うーん、そんなこと重要か？」

「ロン、どんなことだって重要よ！　魔法省がまちがいなく目を光らせているっていうときに潜入して、しかもバレないようにするには、どんな細かいことでも重要なの！　もう何遍も繰り返して確認し合ったはずよ。あなたが面倒くさがって話さないんだったら、何度も偵察に出かける意味がないじゃない――」

「あのさあ、ハーマイオニー、僕、小さなことを一つ忘れただけで――」

「でも、ロン、わかっているんでしょうね。現在私たちにとって、世界中で一番危険な場所はどこかといえば、それは魔法――」

「明日、決行すべきだと思うな」ハリーが話に割り込んだ。

ハーマイオニーは口をあんぐり開けたまま突然動かなくなり、ロンはスープに咽せる。

「あした？」ハーマイオニーが繰り返す。「本気じゃないでしょうね、ハリー？」

「本気だ」ハリーが宣言する。「あと一か月、魔法省の入口あたりをうろうろしたところで、いま以上に準備が整うとは思えない。先延ばしにすればするだけ、ロケットは遠ざかるかもしれない。アンブリッジがもう捨ててしまった可能性だってある。なにしろ開かないからね」

「ただし」ロンが言う。「開け方を見つけていたら別だ。それならあいつはいま、取っ憑かれている」

「あの女にとってはたいした変化じゃないさ。はじめっから邪悪なんだから」

ハリーは肩をすくめた。

ハーマイオニーは、唇を噛んでじっと考え込んでいる。

「大事なことはもう全部わかった」

ハリーはハーマイオニーに向かって話し続ける。

「魔法省への出入りに、『姿現わし』が使われていないことはわかっている。いままではトップの高官だけが自宅と『煙突飛行ネットワーク』を結ぶのを許されていることもわかっている。『無言者』の二人がそのことで不平を言い合っているのを、ロンが聞いてるから。それに、アンブリッジの執務室が、だいたいどのへんにあるかもわかっている。ひげの魔法使いが仲間に話しているのを君が聞いているからね――」

「『ドローレスに呼ばれているから、私は一階に行くよ』」ハーマイオニーは即座に引用する。

「そのとおりだ」ハリーが応じる。「それに、中に入るには変なコインだかチップだかを使うということもわかっている。あの魔女が友達から一つ借りるのを、僕が見てるからだ」

「だけど、私たちは一つも持ってないわ！」

「計画どおりに行けば、手に入るよ」ハリーは落ち着いて話を続けた。

「わからないわ、ハリー、私にはわからない……一つまちがえば失敗しそうなことがありすぎるし、あんまりにも運に頼っているし……」

「あと三か月準備したって、それは変わらないよ」ハリーが断言する。「行動を起こすときがきた」

ロンとハーマイオニーの表情から、ハリーは二人の恐れる気持ちを読み取る。ハリーにしても自信があるわけではない。しかし、計画を実行に移すときがきたという確信だけはあった。

三人はこの四週間、代わるがわる「透明マント」を着て、魔法省の公式な入口を偵察してきた。ウィーズリー氏のおかげで、ロンはその入口のことを子供のころから知っている。三人は、魔法省に向かう職員を追けたり会話を盗み聞きしたり、またはじっくり観察したりして、まちがいなく毎日同じ時間に一人で現れるのはだれかを突き止めた。ときにはだれかのブリーフケースから「日刊予言者新聞」を失敬する機会も得た。徐々にざっとした地図やメモが貯まり、いまそれがハーマイオニーの前に積み上げられている。

「ようし」ロンがゆっくりと言う。「たとえば明日決行するとして……僕とハリーだけが行くべきだと思う」

「まあ、またそんなことを！」ハーマイオニーが、ため息をつく。「そのことは、もう話がついていると思ったのに」

「ハーマイオニー、『透明マント』に隠れて入口のまわりをうろうろすることと、今回のこれとはちがうんだ」ロンは十日前の古新聞に指を突きつける。「君は、尋問に出頭しなかったマグル生まれのリストに入っている！」

「だけどあなたは、黒斑病のせいで『隠れ穴』で死にかけているはずよ！　だれか行かないほうがいい人がいるとすれば、それはハリーだわ。一万ガリオンの懸賞金がハリーの首に懸かっているんだもの――」

「いいよ。僕はここに残る」ハリーが言う。「万が一、君たちがヴォルデモートをやっつけたら、知らせてくれる？」

ロンとハーマイオニーが笑い出したとたん、ハリーの額の傷痕に痛みが走った。ハリーの手がぱっとそこに飛んだが、ハーマイオニーの目が疑わしげに細められるのに気づき、目にかかる髪の毛を払う仕草に変えてごまかそうとした。

「さてと、三人とも行くんだったら、別々に『姿くらまし』しないといけないだろうな」ロンが話している。「もう三人一緒に『透明マント』に入るのはむりだ」

傷痕はますます痛くなってくる。ハリーは立ち上がる。クリーチャーがすぐさま走ってきた。

「ご主人様はスープを残されましたね。お食事においしいシチューなどはいかがでしょうか。それともデザートに、ご主人様の大好物の糖蜜タルトをお出しいたしましょうか？」

「ありがとう、クリーチャー、でも、すぐもどるから――あの――トイレに」

疑わしげに見ているハーマイオニーの視線を感じながら、ハリーは急いで階段を上がり、玄関ホールから二階の踊り場を通って前回と同じバスルームに駆け込み、中から閂をかけた。痛みにうめきながら、ハリーは洗面台を覗き込むようにもたれかか閉じた。黒い洗面台には、口を開けた蛇の形をした蛇口が二ついている。ハリーは目を閉じた。

夕暮れの街を、彼はするすると進んでいる。両側の建物は、壁に木組みが入った高い切妻屋根で、生姜クッキーで作った家のようだ。

その中の一軒に近づき、青白く長い自分の指がドアに触れるのが見える。彼はノックした。興奮が高まるのを感じる……。

ドアが開き、女性が声を上げて笑いながらそこに立っている。ハリーを見て、女性の表情がさっと変わる。楽しげな顔が恐怖に強張る……。

「グレゴロビッチは？」かん高い冷たい声が問う。

女性は首を振ってドアを閉めようとする。それを青白い手が押さえ、締め出されるのを防ぐ……。

「グレゴロビッチに会いたい」

「エア　ヴォーント　ヒア　ニヒト　メア！」女性は首を振ってさけぶ。「その人住まない　ここに！　その人　住まない　ここに！　わたし　知らない　その人！」

ドアを閉めるのをあきらめ、女性は暗い玄関ホールを後ずさりしはじめる。ハリーはそれを追って、するすると女性に近づく。長い指が杖を引き抜いた。

「どこにいる?」

「ダス ヴァイス イッヒ ニヒト! その人 引っ越し! わたし 知らない わたし 知らない!」

彼は杖(つえ)を上げる。女性が悲鳴を上げる。小さな子供が二人、玄関ホールに走ってくる。女性は両手を広げて二人をかばおうとする。緑の閃光(せんこう)が走る——。

「ハリー! ハリー!」

ハリーは目を開ける。床に座り込んでいた。ハーマイオニーが、またドアを激しくたたいている。

「ハリー、開けて!」

ハリーにはわかっていた。さけんだにちがいない。立ち上がって閂(かんぬき)を外したとたん、ハーマイオニーがつんのめるように入ってきた。危うく踏みとどまったハーマイオニーは、探るようにまわりを見回す。ロンはそのすぐ後ろで、ぴりぴりしながら冷たいバスルームのあちこちに杖を向けていた。

「なにをしていたの?」ハーマイオニーが厳しい声で聞く。

「なにをしていたと思う?」ハリーは虚勢を張るが、見え透いていた。

「すっさまじい声でわめいてたんだぜ!」ロンが言う。

「ああ、そう……きっと転た寝したかなんか――」

「ハリー、私たちはばかじゃないわ。ごまかさないで」ハーマイオニーが深く息を吸い込んでから声に出す。「厨房であなたの傷痕が痛んだことぐらい、わかってるわよ。それにあなた、真っ青よ」

ハリーは、バスタブの端に腰掛けた。

「わかったよ。たったいまヴォルデモートが女性を殺した。いまごろはもう、家族全員を殺してしまっただろう。そんな必要はなかったのに。セドリックの二の舞だ。あの人たちはただその場にいただけなのに……」

「ハリー、もうこんなことが起こってはならないはずよ！」

ハーマイオニーのさけぶ声がバスルームに響き渡る。

「だからダンブルドアは、あなたに『閉心術』を使わせたかったのよ！　こういう絆は危険だって考えたから――ハリー、ヴォルデモートはそのつながりを利用することができるわ！　あの人が殺したり苦しめたりするのを見て、なにかいいことでもあるの？　いったいなんの役に立つと言うの？」

「それは、やつがなにをしているかが、僕にはわかるということだ」ハリーが言う。

「それじゃ、あの人を締め出す努力をするつもりはないのね？」

「ハーマイオニー、できないんだ。僕は『閉心術』がへたなんだよ。どうしてもコツがつかめないんだ」

「真剣にやったことがないのよ！」ハーマイオニーが熱くなる。「ハリー、私には理解できない――あなたはなにを好きこのんで、こんな特殊なつながりと言うか関係と言うか、なんと言うか――なんでもいいけど――」

「好きこのんでだって？」ハリーは静かに返す。「君なら、こんなことが好きだって言うのか？」

「私――いいえ――ハリー、ごめんなさい。そんなつもりじゃ――」

「僕はいやだよ。あいつが僕の中に入り込めるなんて、あいつが一番恐ろしい状態のときに、その姿を見なきゃならないなんて、真っ平だ。だけど僕は、それを利用してやる」

「ダンブルドアは――」

「ダンブルドアのことは言うな。これは僕の選んだことだ。ほかのだれでもない。僕は、あいつがどうしてグレゴロビッチを追っているのか、知りたいんだ」

「その人、だれ？」

「外国の杖作りだ」ハリーが言う。「クラムの杖を作ったし、クラムが最高だと認めている」

「でもさ、君も言ってたけど」ロンが口を挟む。「ヴォルデモートは、オリバンダーをどこかに閉じ込めている。杖作りを一人捕まえているのに、なんのためにもう一人要るんだ？」

「クラムと同じ意見なのかもしれないな。グレゴロビッチのほうが、優秀だと思っているのかもしれない……それとも、あいつが僕を追跡したときに僕の杖がしたことを、グレゴロビッチなら説明できると思っているのかもしれない。オリバンダーにはわからなかったから」

埃(ほこり)っぽいひびの入った鏡を通して、ロンとハーマイオニーが背後で意味ありげな目つきで顔を見合わせる姿をハリーは見た。

「ハリー、杖がなにかしたって、あなたは何度もそう言うけど」ハーマイオニーが言い募る。「でもそうさせたのはあなたよ！　自分の力に責任を持つことを、なぜそう頑固に拒(こば)むの？」

「なぜかって言うなら、僕がやったんじゃないことがわかっているからだよ！　ヴォルデモートにもそれがわかっているんだ、ハーマイオニー！　僕たち二人は、本当はなにが起こったのかを知っているんだ！」

二人は睨(にら)み合う。ハーマイオニーを説得し切れなかったことも、ハーマイオニーがいま反論をまとめている最中だということも、ハリーにはわかっていた。自分の杖に関するハリーの考え方と、ヴォルデモートの心を覗くことをハリーが容認しているという事実、この二つに対する反論だ。しかし、ロンが口を挟んでくれたので、ハリーはほっとする。

「やめろよ」ロンがハーマイオニーを制した。「ハリーが決めることだ。それに、明日魔法省に乗り込むなら、計画を検討するべきだとは思わないか？」

ハーマイオニーはしぶしぶ――と、ハリーとロンにはそれが読み取れた――議論するのをやめたが、折あらばすぐにまた攻撃を仕掛けてくるにちがいないと、ハリーは覚悟する。三人が地下の厨房にもどると、クリーチャーはシチューと糖蜜タルトを給仕してくれた。

その晩は、三人とも遅くまで起きていた。何時間もかけて計画を何度も復習し、互いに一言一句違えずに空で言えるまでになった。シリウスの部屋で寝起きするようになっていたハリーは、ベッドに横になり、父親、シリウス、ルーピン、ペティグリューの写っている古い写真に杖灯りを向けながら、さらに十分間、一人で計画をぶつぶつ繰り返した。しかし、杖灯りを消したあとに頭に浮かんだのは、ポリジュース薬でも、ゲーゲー・トローチでも魔法ビル管理部の濃紺のローブでもなく、グレゴロビッチだった。ヴォルデモートのこれほど執念深い追跡を受けて、この杖作りはあとどのくらい隠れおおせるのだろうか。

夜明けが、理不尽な速さで真夜中に追いついた。

「なんてひどい顔してるんだ」

ハリーを起こしに部屋に入ってきたロンの、朝の挨拶がこれだ。

「すぐ変わるさ」ハリーは、あくび交じりに返した。

ハーマイオニーはもう地下の厨房にきていた。クリーチャーが給仕したコーヒーとほやほやのロールパンを前に、憑かれたような顔つきをしている。ハリーは、試験勉強のときのハーマイオニーの顔を連想する。

「ローブ」

ハーマイオニーは声をひそめてそう言いながら、ビーズバッグの中を突つき回す手を止めず神経質にうなずくことで、二人に気づいていることを示す。

「ポリジュース薬……透明マント……囮爆弾……万一のために一人が二個ずつ持つこと……ゲーゲー・トローチ、鼻血ヌルヌル・ヌガー、伸び耳……」

朝食を一気に飲み込んだ三人は、一階への階段を上りはじめる。クリーチャーはお辞儀をして三人を厨房から送り出し、お帰りまでにはステーキ・キドニー・パイを用意しておきますと約束した。

「いいやつだな」ロンが愛情を込めて言う。「それなのに僕は、あいつの首をちょん切って、壁の飾りにしてやりたいなんて思ったことがあるんだからなぁ」

三人は慎重が上にも慎重に、玄関前の階段に出る。腫れぼったい目の死喰い人が二人、朝靄のかかった広場の向こうから、屋敷を見張っている。はじめにハーマイオニーがロンと一緒に「姿くらまし」し、それからハリーを迎えにもどってきた。

いつものようにほんの一瞬、息が詰まりそうになりながら真っ暗闇を通り抜け、ハリーは小さな路地に立った。計画の第一段階は、その場所で起こる予定だ。路地にはまだ人影はなく、大きなゴミ容器が二つあるだけ。魔法省に一番乗りで出勤する職員たちも、通常八時前にそこに現れることはない。

「さあ、それでは」ハーマイオニーが時計を見ながら指示を出す。「予定の魔女は、あと五分ほどでここにくるはずだわ。私が『失神呪文』をかけたら――」

「ハーマイオニー、わかってるったら」ロンが厳しい声で言い返す。「それに、その魔女がここにくる前に、扉を開けておく手はずじゃなかったか？」

ハーマイオニーが金切り声を上げる。

「忘れるところだった！　下がって――」

ハーマイオニーは、すぐ横にある、南京錠のかかった落書きだらけの防火扉に杖を向ける。扉は大きな音を立ててパッと開く。その裏に現れた暗い廊下は、これまでの慎重な偵察から、空き家になった劇場に続いていることがわかっている。ハーマイオニーは扉を手前に引き、元どおり閉まっているように見せかける。

「さて、今度は」ハーマイオニーは、路地にいる二人に向きなおる。「ふたたび二人で『透明マント』をかぶって――」

「――そして待つ」

ロンは言葉を引き取り、セキセイインコに目隠し覆いをかけるように、ハーマイオニーの頭からマントをかぶせながら、呆れたように目をぐるぐるさせてハリーを見た。

それから一分ほどすると、ポンという小さな音とともに小柄な魔女職員がすぐ近くに「姿現わし」した。太陽が雲間から顔を出したばかりで、ふわふわした白髪の魔女は突然の明るさに目を瞬いたが、予期せぬ暖かさを満喫する間もなく、ハーマイオニーの無言「失神呪文」が胸に当たってひっくり返る。

「うまいぞ、ハーマイオニー」

ロンが、劇場の扉の横にあるゴミ容器の陰から現れて言う。ハリーは「透明マント」を脱いだ。三人は小柄な魔女を、舞台裏に続く暗い廊下に運び込む。ハーマイオニーが魔女の髪の毛を数本引き抜き、ビーズバッグから取り出した泥状のポリジュース薬のフラスコに加えた。ロンは小柄な魔女のハンドバッグを引っかき回している。

「マファルダ・ホップカークだよ」ロンが小さな身分証明書を読み上げる。

犠牲者は、魔法不適正使用取締局の局次長と判明した。

「ハーマイオニー、この証明書を持っていたほうがいい。それと、これが例のコインだ」

ロンは、魔女のバッグから取り出した小さな金色のコインを数枚、ハーマイオニーに渡した。全部にM・O・Mと刻印が打ってある。

ハーマイオニーが薄紫のきれいな色になったポリジュース薬を飲むと、数秒後にはマファルダ・ホップカークと瓜二つの姿が、二人の前に現れた。ハーマイオニーがマファルダから外したメガネをかけているときに、ハリーが時計を見ながら言う。

「僕たち、予定より遅れているよ。魔法ビル管理部さんがもう到着する」

三人は本物のマファルダを閉じ込めて、急いで扉を閉める。ハリーとロンは「透明マント」をかぶったが、ハーマイオニーはそのままの姿で待つ。まもなく、またポンと音がして、ケナガイタチのような顔の、背の低い魔法使いが現れた。

「おや、おはよう、マファルダ」

「おはよう!」ハーマイオニーは年寄りの震え声で挨拶する。「お元気?」

「いや、実はあんまり」小さい魔法使いがしょげ切って答えた。

ハーマイオニーとその魔法使いとが表通りに向かって歩き出し、ハリーとロンはその後ろをこっそり追いていく。

「気分が優れないのは、よくないわ」

ハーマイオニーは、その魔法使いが問題を説明しようとするのを遮って、きっぱりと言う。表通りに出るのを阻止することが大事なのだ。

「さあ、甘いものでもなめて」

「え？　ああ、遠慮するよ——」

「いいからなめなさい！」

ハーマイオニーは、その袋を振りながら、有無を言わさぬ口調で命じる。小さい魔法使いは度肝を抜かれたような顔で、一つ口に入れる。

効果てきめん。トローチが舌に触れた瞬間、小さい魔法使いは激しくゲーゲーやりはじめ、ハーマイオニーが頭のてっぺんから髪の毛をひとつかみ引き抜いたのにも気がつかない。

「あらまぁ！」

魔法使いが路地に吐くのを見ながら、ハーマイオニーが言う。

「今日はお休みしたほうがいいわ！」

「いや——いや！」

息も絶え絶えに吐きながら、まっすぐ歩くこともできないのに、その魔法使いはなおも先に進もうとする。

「どうしても――今日は――行かなくては――」

「ばかなことを！」ハーマイオニーは驚いて言う。「そんな状態では仕事にならないでしょう――聖マンゴに行って、治してもらうべきよ！」

その魔法使いは、膝を折り両手を地面について吐きながらも、なお表通りに行こうとしている。

「そんな様子では、とても仕事にはいけないわ！」ハーマイオニーがさけぶ。

管理部の魔法使いも、とうとうハーマイオニーの言うことが正しいと受け止めたようだ。触りたくないという感じのハーマイオニーにすがりついて、ようやく立ち上がった魔法使いは、その場で回転して姿を消した。あとに残ったのは、姿を消すときにその手からロンがすばやく奪った鞄と、宙を飛ぶ反吐だけ。

「うぇー」

ハーマイオニーは道に溜まった反吐を避けて、ローブの裾を持ち上げた。

「この人にも『失神呪文』をかけたほうが、汚くなかったでしょうに」

「そうだな」

ロンは、管理部の魔法使いの鞄を持って「透明マント」から姿を現した。

「だけどさ、気絶したやつらが山積みになってたりしたら、もっと人目を引いたと思うぜ。それにしても、あいつ、仕事熱心なやつだったたな。それじゃ、やつの髪の毛とポリ薬をくれよ」

二分もすると、ロンはあの反吐魔法使いと同じ背の低いイタチ顔になって、二人の前に現れた。鞄に折りたたまれて入っていた濃紺のローブを着ている。

「あんなに仕事に行きたがったやつが、このローブを着てなかったのは変じゃないか？　まあいいか。裏のラベルを見ると、僕はレッジ・カターモールだ」

「じゃ、ここで待ってて」

ハーマイオニーが、「透明マント」に隠れたままのハリーに言う。

「あなた用の髪の毛を持ってもどるから」

待たされた実際の時間は十分だったが、「失神」したマファルダを隠してある扉の横で、反吐の飛び散った路地に一人でこそこそ隠れているハリーには、もっと長く感じられた。ロンとハーマイオニーがやっともどってきた。

「だれだかわからないの」

黒いカールした髪を数本ハリーに渡しながら、ハーマイオニーが言った。

「とにかくこの人は、ひどい鼻血で家に帰ったわ！　かなり背が高かったから、もっと大きなローブが要るわね……」

ハーマイオニーは、クリーチャーが洗ってくれた古いローブを一式取り出す。ハリーは薬を持って、着替えるために物陰に隠れた。

痛い変身が終わると、ハリーは一メートル八十センチ以上の背丈になっていた。筋骨隆々の両腕から判断すると、相当強そうな体つき。その上にひげ面だ。着替えたローブに「透明マント」とメガネを入れて、ハリーは二人のところにもどった。

「おったまげー、恐いぜ」ロンが言う。

ハリーはいまや、ずっと上からロンを見下ろしている。

「マファルダのコインを一つ取ってちょうだい」ハーマイオニーがハリーに言う。

「さあ、行きましょう。もうすぐ九時になるわ」

三人は一緒に路地を出た。混み合った歩道を五十メートルほど歩くと、先端が矢尻の形をした杭の建ち並ぶ、黒い手すりのついた階段が二つ並んでいる。片方の階段には〝男〟、もう片方には〝女〟と表示してあった。

「それじゃ、またあとで」

ハーマイオニーは緊張を隠さずそう言うと、よぼよぼと〝女〟のほうの階段を下りていく。ハリーとロンは、自分たちと同じく変な服装の男たちに交じって階段を下りた。下は薄汚れた白黒タイルの、ごく一般的な公衆トイレのようだった。

「やあ、レッジ！」

やはり濃紺のローブを着た魔法使いが呼びかける。トイレの小部屋のドアのスロットに、金色のコインを差し込んで入ろうとしている。

「まったく、付き合い切れないね、え？ 仕事に行くのにこんな方法を強制されるなんて！ お偉い連中は、いったいだれが現れるのを待ってるんだ？ ハリー・ポッターか？」

魔法使いは、自分のジョークで大笑いする。

「ああ、ばかばかしいな」ロンは、むりに付き合い笑いをした。

それからロンとハリーは、隣合わせの小部屋に入った。ハリーの小部屋の右からも左からもトイレを流す音が聞こえる。かがんで下の隙間から右隣の小部屋を見ると、ちょうどブーツを履いた両足が、トイレの便器に入り込むところだった。左を覗くと、ロンの目がこっちを見て瞬（まばた）きしている。

「自分をトイレに流すのか？」ロンがささやく。

「そうらしいな」

ささやき返すハリーの声は、低音の重々しい声になっていた。

二人は立ち上がり、ハリーはひどく滑稽（こっけい）に感じながら便器の中に入る。

それが正しいやり方だと、すぐに知れた。一見水の中に立っているようだが、靴も足もローブも、まったく濡れていない。ハリーは手を伸ばして、上からぶら下がっているチェーンをぐいと引く。次の瞬間、ハリーは短いトンネルを滑り下りて、魔法省の暖炉の中に出た。

ハリーは、もたもたと立ち上がる。扱い慣れた自分の体よりも、ずっと嵩が大きいせいだ。広大なアトリウムは、ハリーの記憶にあるものより暗かった。以前は、ホールの中央を占める金色の噴水が、磨き上げられた木の床や壁にちらちらと光を投げかけていたが、いまは黒い石造りの巨大な像がその場を圧している。かなり威嚇的だ。見事な装飾を施した玉座に、魔法使いと魔女の像が座り、足元の暖炉に転がり出てくる魔法省の職員たちを見下ろしている。像の台座には、高さ三十センチほどの文字がいくつか刻み込まれている。

　魔法は力なり

　ハリーは、両足に後ろから強烈な一撃を食らった。次の魔法使いが暖炉から飛び出してきてぶつかったのだ。

「どけよ、ぐずぐず――あ、すまん、ランコーン！」

禿げた魔法使いは、明らかに恐れをなした様子であたふたと行ってしまう。ハリーが成りすましている魔法使いランコーンは、どうやら恐れられているらしい。

「しーっ！」

声のする方向を振り向くと、か細い魔女と魔法ビル管理部のイタチ顔の魔法使いが、像の横に立って合図しているのが見える。ハリーは急いで二人のそばに行く。

「ハリー、うまく入れたのね？」ハーマイオニーが、小声で話しかける。

「いーや、ハリーはまだ雪隠詰(せっちんづ)めだ」ロンが茶化す。

「冗談言ってる場合じゃないわ……これ、ひどいと思わない？」ハーマイオニーが、像を睨(にら)んでいるハリーに言う。「なにに腰掛けているか、見た？」

よくよく見ると、装飾的な彫刻を施した玉座と見えたのは、折り重なった人間の姿だった。何百何千という裸の男女や子供が、どれもこれもかなり間の抜けた醜い顔で、ねじ曲げられ押しつぶされながら、見事なローブを着た魔法使いと魔女の重みを支えている。

「マグルたちよ」ハーマイオニーがささやく。「身分相応の場所にいると言うわけね。さあ、始めましょう」

三人は、ホールの奥にある黄金の門に向かう魔法使いたちの流れに加わり、できるだけ気づかれないようにあたりを見回す。しかし、ドローレス・アンブリッジの、あの目立つ姿はどこにも見当たらない。三人は門をくぐり、少し小さめのホールに入る。そこには二十基のエレベーターが並び、それぞれの金の格子の前に行列ができている。一番近い列に並んだとたん、声をかけてくる者がいた。

「カターモール！」

三人とも振り向いた。ハリーの胃袋がひっくり返る。ダンブルドアの死を目撃した死喰い人の一人が、大股で近づいてくる。脇にいた魔法省の職員たちは、みな目を伏せて黙り込んだ。恐怖が波のように伝わる。獣がかった険悪な顔は、豪華な金糸の縫い取りのある、流れるようなローブといかにも不釣合いだ。エレベーターの前に並んでいる集団のだれかが、「おはよう、ヤックスリー！」とへつらうような挨拶をするが、ヤックスリーは無視した。

「魔法ビル管理部に、おれの部屋をなんとかしろと言ったはずだが、カターモール、まだ雨が降ってるぞ」

ロンは、だれかがなにか言ってくれないかとばかりにあたりを見回すが、だれもしゃべらない。

「雨が……あなたの部屋で？　それは――それはいけませんね」

ロンは、不安を隠すように笑い声を上げる。ヤックスリーは目をむく。

「おかしいのか？　カターモール、え？」

並んでいた魔女が二人、列を離れてあたふたとどこかに行く。

「いいえ」ロンが言う。「もちろん、そんなことは」

「おれはおまえの女房の尋問に、下の階まで行くところだ。わかっているのか、カターモール？　まったく。下にいて、尋問を待つ女房の手をにぎっているかと思えば、ここにいるとは驚いた。失敗だったと、もう女房を見捨てることにしたわけか？　そのほうが賢明だろう。次は純血と結婚することだな」

ハーマイオニーが小さく声を上げたが、ヤックスリーにじろりと見られ、弱々しく咳をして顔を背ける。

「私は――私は――」ロンが口ごもる。

「しかし、万が一おれの女房が『穢れた血』だと告発されるようなことがあれば」ヤックスリーが言う。「――おれが結婚した女は、だれであれ、そういう汚物とまちがえられることがあるはずはないが――そういうときに魔法法執行部の部長に仕事を言いつけられたら、カターモール、おれならその仕事を優先する。わかったか？」

「はい」ロンが小声で答える。

「それなら対処しろ、カターモール。一時間以内におれの部屋が完全に乾いていなかったら、おまえの女房の『血統書』は、いまよりもっと深刻な疑いをかけられることになるぞ」

ハリーたちの前の格子が開いた。ヤックスリーはハリーに向かって軽くうなずき、にたりといやな笑いを見せて、さっさと別なエレベーターのほうに行ってしまった。ハリーが成りすましているランコーンという魔法使いは、カターモールがこういう仕打ちを受けるのを喜ぶような立場にあることは明らかだ。ハリー、ロン、ハーマイオニーは目の前にきたエレベーターに乗り込んだが、だれも一緒に乗ろうとはしない。なにかに感染すると思っているようだ。格子がガチャンと閉まり、エレベーターが上りはじめる。

「僕、どうしよう？」

ロンがすぐさま二人に聞く。衝撃を受けた顔をしている。

「僕が行かなかったら、僕の妻は――つまりカターモールの妻は――」

「僕たちも一緒に行くよ。三人は一緒にいるべきだし――」

ハリーの言葉を、ロンが激しく首を振って遮った。

「とんでもないよ。あんまり時間がないんだから、二人はアンブリッジを探してくれ。僕はヤックスリーの部屋に行って処理する――だけど、どうやって雨降りを止めりゃいいんだ？」

『フィニート　インカンターテム　呪文よ終われ』を試してみて」

ハーマイオニーが即座に答える。

「呪いとか呪詛で降っているのだったら、それで雨はやむはずよ。それでもやまなかったら、『大気呪文』がおかしくなっているわね。その場合はなおすのがもっと難しいから、とりあえずの処置として、あの人の所有物を保護するために『防水呪文』を試して――」

「もう一回ゆっくり言って――」

ロンは、羽根ペンを取ろうと必死にポケットを探ったが、そのときエレベーターがガタンと停止して、声だけの案内嬢が告げる。

「四階。魔法生物規制管理部でございます。動物課、存在課、霊魂課、小鬼連絡室、害虫相談室はこちらでお降りください」

格子が開き、魔法使いが二人のほかに薄紫の紙飛行機が数機一緒に入ってきて、エレベーターの天井ランプのまわりをパタパタと飛び回る。

「おはよう、アルバート」

頬ひげをもじゃもじゃさせた男が、ハリーに笑いかける。エレベーターが軋みながらまた上りはじめる際に、その男はロンとハーマイオニーをちらりと見た。ハーマイオニーは、小声で必死になってロンに教え込んでいる。ひげモジャ男はハリーのほうに上体を傾け、にやりと笑ってこっそり話しかける。

「ダーク・クレスウェルか、え？　小鬼連絡室の？　やるじゃないか、アルバート。今度は、私がその地位に就くことまちがいなし！」

男はウィンクし、ハリーは、それだけで十分でありますようにと願いながら笑顔を返す。エレベーターが止まり、格子がまた開く。

「二階。魔法法執行部でございます。魔法不適正使用取締局、闇祓い本部、ウィゼンガモット最高裁事務局はこちらでお降りください」声だけの案内嬢が告げた。

ハーマイオニーが、ロンをちょっと押すのがハリーの目に入った。ロンは急いでエレベーターを降り、二人の魔法使いもそのあとから降りたので、中にはハリーとハーマイオニーだけになる。格子が閉まるや、ハーマイオニーが早口で言う。

「ねえ、ハリー、私やっぱり、ロンのあとを追ったほうがいいと思うわ。あの人、どうすればいいのかわかってないと思うし、もしロンが捕まったらすべて――」

「二階でございます。魔法大臣ならびに次官室がございます」

金の格子が開いたとたん、ハーマイオニーが息を呑む。格子の向こうに、立っている四人の姿があった。そのうちの二人は、なにやら話し込んでいる。一人は黒と金色の豪華なローブを着た髪の長い魔法使い、もう一人は、クリップボードを胸元にしっかり抱え、短い髪にビロードのリボンを着けた、ガマガエルのような顔のずんぐりした魔女だった。

第13章　マグル生まれ登録委員会

「ああ、マファルダ！」

ハーマイオニーに気づいたアンブリッジが声をかける。

「トラバースがあなたをよこしたのね？」

「は――はい」ハーマイオニーの声が上ずる。

「結構。あなたなら、十分役立ってくれるわ」

アンブリッジは、黒と金色のローブの魔法使いに話しかけた。

「大臣、これであの問題は解決ですわ。マファルダに記録係をやってもらえるなら、すぐにでも始められますわよ」

アンブリッジはクリップボードに目を通す。

「今日は十人ですわ。その中に魔法省の職員の妻が一人！　チッチッチッ……ここまでとは。魔法省のお膝下(ひざもと)で！」

アンブリッジはエレベーターに乗り込み、ハーマイオニーの隣に立つ。アンブリッジと大臣の会話を聞いている二人の魔法使いも同じ行動を取った。

「マファルダ、私たちはまっすぐ下に行きます。必要なものは法廷に全部ありますよ。おはよう、アルバート、降りるんじゃないの?」

「ああ、もちろんだ」ハリーは、ランコーンの低音で答える。

ハリーが降りると、金の格子がガチャンと閉まる。ちらりと振り返ると、背の高い魔法使いに挟まれたハーマイオニーの不安そうな顔が、ハーマイオニーの肩の高さにあるアンブリッジの髪のビロードのリボンと一緒に沈んでいくところだった。

「ランコーン、なんの用でここにきたんだ?」

新魔法大臣がたずねた。黒い長髪とひげには白いものが交じり、庇(ひさし)のように突き出た額(ひたい)が小さく光る目に影を落とす。ハリーは、岩の下から外を覗く蟹(かに)を思い浮かべる。

「ちょっと話したい人がいるんでね」ハリーはほんの一瞬迷う。「アーサー・ウィーズリーだ。一階にいると聞いたんだが」

「ああ」パイアス・シックネスが言う。「『問題分子』と接触しているところを捕まったか?」

「いや」ハリーは喉(のど)がからからになる。「いいや、そういうことではない」

「そうか。まあ時間の問題だがな」シックネスがうそぶく。「私に言わせれば、『血を裏切る者』は、『穢れた血』と同罪だ。それじゃぁ、ランコーン」

「ではまた、大臣」

ハリーは、ふかふかの絨毯を敷いた廊下を堂々と歩き去るシックネスを、じっと見ていた。その姿が見えなくなるのを待って、着ている重い黒マントから「透明マント」を引っ張り出し、それをかぶって反対方向に歩き出す。ランコーンの背丈では、大きな足を隠すために腰をかがめなければならない。

得体のしれない恐怖で、鳩尾がずきずき痛む。廊下には磨き上げられた木製の扉が並び、それぞれに名前と肩書きが書いてある。魔法省の権力、その複雑さ、守りの堅固さがひしひしと感じられ、この四週間、ロンやハーマイオニーと一緒に慎重に練り上げた計画は、笑止千万の子供だましのように思える。気づかれずに中に入り込むことだけに集中して、もし三人バラバラになったらどうするかなど、まったく考えていなかった。いまやハーマイオニーは、何時間続くかわからない裁判にかかわってしまい、ロンは、ハリーの見るところロンには手に負えない魔法を使おうと足掻いている。しかも、一人の魔女が解放されるかどうかが、ロンの仕事の結果にかかっているというのだ。そしてハリーは、獲物がいましがたエレベーターで降りていったことを知りながらも、一階をうろうろしている。

ハリーは歩くのをやめ、壁に寄りかかってどうするべきかを決めようとした。静けさが重い。忙しく動き回る音も話し声も、急ぐ足音も聞こえない。紫の絨毯を敷き詰めた廊下は、まるで「耳塞ぎ」呪文がかかったように、ひっそりとしている。

「あいつの部屋は、この階にちがいない」とハリーは確信する。

アンブリッジが、宝石類を事務所に置いているとは思えないが、探しもせず、確認もしないのは愚かしい。ハリーは、また廊下を歩きはじめる。途中、目の前に浮かべた羽根ペンに顔をしかめてぶつぶつ指示を与え、長い羊皮紙に書き取らせている魔法使いと行きちがっただけで、ほかには出会う人もいない。

今度は扉の名前に注意しながら歩き、ハリーは角を曲がる。その廊下の中ほどには広々とした場所があり、十数人の魔法使いや魔女が、何列か横に並んだ机に座っている。学校のものとあまり変わらない小さな机だが、ピカピカに磨かれ、落書きもない。ハリーは立ち止まって、催眠術にかかったようにその場の動きに見入る。みながいっせいに杖を振ったり回したりすると、四角い色紙が小さなピンク色の凧のように、あらゆる方向に飛んでいく。まもなくハリーは、この作業にはリズムがあり、紙が一定のパターンで動いていることに気がつく。パンフレットを製作する場所だ。四角い紙は一枚一枚のページで、それが集められて折りたたまれ、魔とめられてから、作業者の横にきちんと積み上げられていく。

ハリーはこっそり近づいた。もっとも作業員は仕事に没頭しているので、絨毯に吸い込まれる足音に気づくとも思えない。ハリーは若い魔女の横にある、完成したパンフレットの束から一部をすっと抜き取り、「透明マント」の下で読む。ピンクの表紙に、金文字で表題があざやかに書かれている。

穢れた血——平和な純血社会にもたらされる危険について

表題の下には、まぬけな笑顔の赤いバラが一輪、牙をむき出して睨みつける緑の雑草に絞め殺されようとしている絵がある。著者の名は書かれていない。しかし、パンフレットをじっと見ていると、ハリーの右手の甲の傷痕がちくちく痛むような気がした。その推測が当たっていることは、傍らの若い魔女の言葉で確認された。杖を振ったり回したりしながら、その魔女が言った。

「あの鬼婆あ、一日中『穢れた血』の尋問かしら？　だれか知ってる？」

「気をつけろよ」

隣の魔法使いが、恐る恐るあたりを見回しながら注意をする。紙が一枚、滑って床に落ちた。

「どうして？　魔法の目ばかりじゃなく、魔法の耳まで持ってるとでも言うの？」

若い魔女は、パンフレット作業員の並ぶ仕事場の正面にある、ピカピカのマホガニー扉をちらりと見る。ハリーも見た。とたんに、蛇が鎌首をもたげるように、怒りがわき上がってくる。木の扉の、マグルの家なら覗き穴がある場所に、明るいブルーの、大きな丸い目玉が埋め込まれている。アラスター・ムーディを知るものにとっては、どきりとするほど見慣れた目玉だ。

一瞬ハリーは、自分がどこにいてなにをしているのかも、自分の姿が見えないことさえも忘れた。ハリーはまっすぐに扉に近づき、目玉をよく見る。動いていない。上を睨んだまま凍りついている。その下の名札にはこう書いてある。

魔法大臣付上級次官
ドローレス・アンブリッジ

その下に、より光沢のある新しい名札があった。

マグル生まれ登録委員会委員長

ハリーは、十数人のパンフレット作業員を振り返る。仕事に集中しているとはいえ、目の前の、だれもいないオフィスの扉が開けば気づかないわけはないだろう。ハリーは、内ポケットから小さな足をごにょごにょ動かしている変な物を取り出す。胴体はゴム製の球がついたラッパだ。「透明マント」をかぶったまま、ハリーはかがんでその「囮(おとり)爆弾」を床に置いた。

「囮」はたちまち、目の前の作業員たちの足の間を、シャカシャカ走り抜けていく。ハリーが扉のノブに手をかけて待っていると、やがて大きな爆発音がして、隅のほうから刺激臭のある真っ黒な煙がもうもうと立ち上った。前列にいた、あの若い魔女が悲鳴を上げる。仲間の作業員も飛び上がって騒ぎの源(もと)はどこだとあたりを見回し、ピンクの紙があちこちに飛び散る。ハリーはノブを回してアンブリッジの部屋に入り、扉を閉めた。

二年前に、タイムスリップしたかと思った。その部屋は、ホグワーツのアンブリッジの部屋と寸分のちがいもない。襞(ひだ)のあるレースのカーテン、花瓶敷(かびんしき)、ドライフラワーなどが、ありとあらゆる表面を覆っている。壁にも同じ飾り皿で、首にリボンを結んだ色あざやかな子猫の絵が、吐(は)き気を催すようなかわいさでふざけたりじゃれたりしている。机には、ひだ飾りをつけた花柄の布が掛けられている。マッド-アイの目玉の裏には、望遠鏡の筒のようなものが取りつけられていて、アンブリッジが外の作業員を監視(かんし)できるようになっていた。ハリーが覗いてみると、作業員たちは、まだ

「囮爆弾（おとり）」のまわりに集まっている。ハリーは筒を引っこ抜いて扉に穴があいたままにし、魔法の目玉を筒から外してポケットに入れた。それからもう一度部屋の中に向きなおり、杖を上げて小声で唱えた。

「アクシオ、ロケットよこい」

何事も起こらない。もっとも起こるとも思っていなかった。アンブリッジも魔女。保護呪文や呪いを熟知していて当然だ。ハリーは急いで机の向こう側に回り、引き出しを開けはじめる。羽根ペンやノート、スペロテープなどが見える。クリップが、いきなりとぐろを巻いて立ち上がる。ハリーはそれを必死にたたき返さなければならなかった。ごてごて飾り立てた小さなレースの箱は、髪飾りのリボンや髪留めで一杯だ。しかし、ロケットはどこにも見当たらない。

机の後ろにファイル・キャビネットがある。次にはそれを調べにかかった。ホグワーツにあるフィルチの書類棚と同じで、名前のラベルを貼ったホルダーがぎっしりと入っている。一番下の引き出しまで調べたとき、気になるものが目に止まってハリーは捜索の手を止めた。ウィーズリー氏のファイルだ。

ハリーはそれを引っ張り出して、開いた。

アーサー・ウィーズリー

血統　純血。しかしマグル贔屓であるという許しがたい傾向がある。
「不死鳥の騎士団」のメンバーであることが知られている。

家族　妻（純血）子供七人　下の二人はホグワーツ在学中。
（注）末息子は重病で現在在宅。魔法省の検察官が確認済み。

警備　監視中。すべての行動が見張られている。「問題分子」ナンバーワンが接触する可能性大（以前にウィーズリー家に滞在していた）。

「『問題分子ナンバーワン』、か」

ウィーズリーおじさんのホルダーを元にもどし、引き出しを閉めながらハリーは息をひそめてつぶやく。それがだれのことか、疑いようもなくわかる。ほかに隠し場所はないかと、体を起こして部屋を眺め回していると、思ったとおり壁に自分のポスターが貼ってあるのが見えた。胸のところにあざやかな文字で、「問題分子ナンバーワン」と書かれている。隅に、子猫のイラストが入った小さなピンクのメモが留めてある。近寄って読むと、アンブリッジの字で「処罰すべし」と書いてある。

ますます腹が立って、ハリーは花瓶やドライフラワーの籠の下を探った。しかしロケットは見つからない。当然、そんなところにあるはずがない。最後にもう一度部屋の中をざっと見回したそのとき、心臓の拍動が一拍すっ飛んだ。机の脇の本棚に立てかけられている小さな長方形の鏡から、ダンブルドアがハリーを見つめている。

ハリーは走って部屋を横切り、それを取り上げた。触れたとたんに鏡でないことがわかる。光沢のある本の表紙から、ダンブルドアが切なげに笑いかけていたのだ。とっさには気づかなかったが、その帽子の部分に緑色の曲りくねった飾り文字が横切っている。

アルバス・ダンブルドアの真っ白な人生と真っ赤な嘘

胸の上にも、それより少し小さな字でこう書かれている。

ベストセラー『アーマンド・ディペット　偉人か愚人か』の著者

リータ・スキーター著

ハリーは適当にページをめくった。すると、肩を組み合った十代の少年が、二人で不謹慎なほど大笑いしている全頁写真が目に入る。ダンブルドアは、肘のあたりまで髪を伸ばし、クラムを思い出させるような短い顎ひげをうっすらと生やしている。ロンを、あれほどいらだたせたひげだ。ダンブルドアと並んで、声を出さずに大笑いしている少年は、陽気で奔放な雰囲気を漂わせ、金髪の巻き毛を肩まで垂らしている。ハリーは若き日のドージかもしれないと思ったが、説明文を確かめる前に部屋の扉が開いた。

シックネスだ。後ろを振り返りながら部屋に入ってこなければ、ハリーは「透明マント」をかぶる暇がなかったかもしれない。シックネスがハリーの動きをちらりと目の端にとらえたような気もした。事実、シックネスは腑に落ちないという顔で、たったいまハリーの姿が消えたあたりをしばらく見つめ、じっと動かない。シックネスは、ハリーがあわてて棚にもどした本の表紙のダンブルドアが、鼻の頭をかく仕草が見えたのだろうと自分を納得させたらしく、結局部屋に入って机に近づき、インク壺に差してある羽根ペンに杖を向けた。羽根ペンは飛び上がって、アンブリッジへの伝言を書きはじめる。ハリーはゆっくりと、ほとんど息も止めて、部屋の外へと抜け出した。

パンフレットの作業者たちは、まだ弱々しくポッポッと煙を吐き続けている「囮爆弾」のまわりに集まっていた。ハリーは、あの若い魔女の声をあとに、急いで廊下を歩き出した。

「『実験呪文委員会』から、ここまで逃げてきたにちがいないわ。あそこは、ほんとにだらしないんだから。ほら、あの毒アヒルのことを覚えてる？」

エレベーターまで急いでもどりながら、ハリーはどういう選択肢がありうるかを考えた。もともとロケットが魔法省に置いてある可能性は少ないと思っていたし、人目の多い法廷にアンブリッジが座っている間は、魔法をかけてロケットの在り処を聞き出すことなど望むべくもない。いまは、見つかる前に魔法省から抜け出すことが第一だ。また出なおせばいい。まずはロンを探す。それから二人で、ハーマイオニーを法廷から引っ張り出す算段をする。

上ってきたエレベーターは空だった。ハリーは飛び乗って、エレベーターが下りはじめると同時に「透明マント」を脱ぐ。ガチャガチャと音を立てて二階で停止したエレベーターに、なんと魔のいいことに、ぐしょ濡れのロンがお手上げだという目つきで乗り込んできた。

「お――おはよう」エレベーターがふたたび動き出すと、ロンがしどろもどろに挨拶をしてくる。

「ロン、僕だよ、ハリーだ！」

「ハリー！　おっどろき、君の姿を忘れてた――ハーマイオニーは、どうして一緒じゃないんだ？」

「アンブリッジと一緒に法廷に行かなくちゃならなくなって、断りようがなくて、それで――」

しかし、ハリーが言い終える前にエレベーターがまた停止し、ドアが開いて、ウィーズリー氏が年配の魔女に話しかけながら入ってきた。金髪の魔女は、これでもかというほど逆毛を立てた蟻塚のような頭をしている。

「……ワカンダ、君の言うことはわかる。よくわかるが、私は残念ながら加わるわけには――」

ウィーズリー氏はハリーに気づいて、突然口を閉じる。ウィーズリーおじさんに、これほど憎しみを込めた目で見つめられるのは、変な気持ちだ。ドアが閉まり、四人を乗せたエレベーターは、ふたたび下りはじめる。

「おや、おはよう、レッジ」

ロンのローブから、絶え間なく滴（しずく）の垂れる音がしているのに気づき、ウィーズリー氏が振り返る。

「奥さんが、今日尋問（じんもん）されるはずじゃなかったかね？　あ――いったいどうした？　どうしてそんなに、びしょ濡れで？」

「ヤックスリーの部屋に、雨が降っている」

ロンはウィーズリー氏の肩に向かって話しかけている。まっすぐ目を合わせれば、父親に見抜かれることを恐れたにちがいない。

「止められなくて。それでバーニー――ピルズワース、とか言ったと思うけど、その人を呼んでこいと言われて――」

「そう、最近は雨降りになる部屋が多い」ウィーズリー氏が言う。「『メテオロジンクス　レカント　気象呪い崩し』を試したかね？　ブレッチリーには効いたが」

「メテオロジンクス　レカント？」ロンが小声で繰り返す。「いや、試していない。ありがとう、パ――じゃない、ありがとう、アーサー」

エレベーターが開き、年配の蟻塚頭の魔女が降り、ロンはそのあとから矢のように魔女を追い越して姿が見えなくなった。ハリーもあとを追うつもりで降りかけたが、乗り込んできた人物に行く手を阻まれる。パーシー・ウィーズリーが、顔も上げずに書類を読みながら、ずんずん乗り込んできたのだ。

ドアがガチャンと閉まるまで、パーシーは、父親と同じエレベーターに乗り合わせたことに気づかない。目を上げてウィーズリー氏に気づいたとたん、パーシーの顔は赤蕪色になり、ドアが次の階で開くと同時に降りていった。ハリーはふたたび降りようとしたが、今度はウィーズリーおじさんの腕に阻まれた。

「ちょっと待て、ランコーン」

エレベーターのドアが閉まり、二人はガチャガチャともう一階下に下りていった。ウィーズリー氏が怒りもあらわに口を開く。

「君が、ダーク・クレスウェルの情報を提供したと聞いた」

ハリーには、ウィーズリーおじさんの怒りが、パーシーの態度でよけいにあおられたように思える。ここは、知らんふりをするのが一番無難だと判断する。

「え？」ハリーが答える。

「知らぬふりはやめろ、ランコーン」ウィーズリー氏は激しい口調となる。「君は、家系図を捏造した魔法使いとして彼を追いつめたのだろう。ちがうかね？」

「私は——もしそうだとしたら？」ハリーが問いかける。

「そうだとしたら、ダーク・クレスウェルは、君より十倍も魔法使いらしい人物だ」

エレベーターがどんどん下りていく中、ウィーズリー氏が静かに言う。

「もし、クレスウェルがアズカバンから生きてもどったら、君は彼に申し開きをしなければならないぞ。もちろん、奥さんや息子たちや友達にも——」

「アーサー」ハリーが口を挟む。「君は監視されている。知っているのか？」

「脅迫のつもりか、ランコーン？」ウィーズリー氏が声を荒らげる。

「いや」ハリーが返す。「事実だ！　君の動きはすべて見張られているんだ——」

エレベーターのドアが開く。アトリウムに到着していた。ウィーズリー氏は痛烈な目でハリーを睨み、さっさと降りていった。ハリーは、衝撃を受けてその場に立ちすくむ。ランコーンでなく、他の人間に変身していればよかったのに……ドアがふたたびガチャンと閉まった。

ハリーは「透明マント」を取り出して、またかぶる。ロンが雨降り部屋を処理している間に、独力でハーマイオニーを救出するつもりだ。ドアが開くと、板壁に絨毯敷きの一階とはまったくちがう、松明に照らされた石の廊下に出た。エレベーターだけがふたたびガチャガチャと上っていき、ハリーは廊下の奥にある「神秘部」の真っ黒な扉のほうを見て、少し身震いする。

ハリーは歩きはじめた。目標は黒い扉ではなく、たしか左手にあったはずの入口だ。その開口部から法廷に下りる階段がある。忍び足で階段を下りながら、ハリーは、どういう可能性があるかと、あれこれ考えをめぐらした。「囮爆弾」はあと一個残っている。しかし、法廷の扉をノックしてランコーンとして入室し、マファルダとちょっと話したいと願い出るほうがよいのではないか？　もちろん、ランコーンがそんな頼みを通せるほど重要人物かどうかを、ハリーは知らない。しかも、もしそれができたとしても、ハーマイオニーが法廷にもどらなければ、三人が魔法省を脱出する前に、捜索が始まってしまうかもしれない……。

考えるのに夢中で、ハリーは不自然な冷気がじわじわと自分を包んでいることにすぐには気づかなかった。階段の下に漂う、冷たい霧の中に入っていくようだ。一段下りるごとに冷気が増し、それは喉からまっすぐに入り込んで、肺を引き裂くように感じる。加えてあの忍び寄る絶望感、無気力感が体中を侵し、広がっていく……。

吸魂鬼だ、とハリーは思った。

階段を下り切って右に曲がると、恐ろしい光景が目に入る。法廷の外の暗い廊下は、黒いフードをかぶった背の高い姿で一杯だ。吸魂鬼の顔は完全に隠れ、ガラガラという息だけが聞こえる。尋問に連れてこられたマグル生まれたちは、石のように身を強ばらせ、堅い木のベンチに体を寄せ合って震えている。ほとんどの者が顔を両手で覆っている。おそらく吸魂鬼の意地汚い口から、本能的に自らを守っているのだ。家族に付き添われている者も、一人で座っている者もいる。吸魂鬼は、その前を滑るように往ったりきたりしている。その場の冷たい絶望感、無気力感が、呪いのようにハリーにのしかかってくる……。

戦え、ハリーは自分に言い聞かせた。しかしここで守護霊を出せば、たちまち自分の存在を知られてしまう。そこでハリーは、できるだけ静かに進むことにした。一歩進むごとに、頭が痺れていくようだ。ハリーは、自分を必要としているハーマイオニーとロンのことを思い浮かべて、力を振りしぼる。

そびえ立つような黒い姿の中を歩くのは、恐ろしかった。フードに隠された目のない顔が、ハリーの動きを追う。ハリーの存在を感じ取ったにちがいない。おそらく、まだ望みを捨てず、反発力を残した者の存在を感じ取っているのだ……。

そのとき突然、凍りつくような沈黙に衝撃が走り、左側に並ぶ地下室の扉の一つが開いて、中からさけび声が響いてきた。

「ちがう、ちがう、私は半純血だ。半純血なんだ。聞いてくれ！　父は魔法使いだった。本当だ。調べてくれ。アーキー・アルダートンだ。有名な箒設計士だった。

調べてくれ。お願いだ――手を放せ、手を放せ――」

「これが最後の警告よ」

魔法で拡大されたアンブリッジの猫なで声が、男の絶望のさけびをかき消して響いた。

「抵抗すると、吸魂鬼にキスさせますよ」

男のさけびは静かになったが、乾いたすすり泣きが廊下に響いてくる。

「連れていきなさい」アンブリッジが命じる。

法廷の入口に、二体の吸魂鬼が現れた。腐りかけたかさぶただらけの手が、気絶した様子の魔法使いの両腕をつかんでいる。吸魂鬼は男を連れてスルスルと廊下を去っていき、あとに残された暗闇が、男の姿を飲み込んだ。

「次――メアリー・カターモール」アンブリッジが呼ぶ。

小柄な女性が立ち上がる。頭のてっぺんから足の先まで震えている。黒い髪を梳かしつけて髷に結い、長いシンプルなローブを着ていた。顔からは、すっかり血の気が失せている。吸魂鬼のそばを通り過ぎる際、女性が身震いするのが見えた。

ハリーは本能的に動いた。なにも計画していたわけではない。女性が一人で地下牢に入っていくのを、見るに耐えなかっただけだ。扉が閉まりかけたとき、ハリーは女性の後ろに従いて法廷に滑り込んでいた。

そこは、かつてハリーが魔法不正使用の廉で尋問された法廷とは、ちがう部屋だった。天井は同じくらいの高さだが、もっと小さな部屋だ。深井戸の底に閉じ込められたようで、閉所恐怖症に襲われそうだ。

ここには、さらに多くの吸魂鬼がいた。その場に、凍りつくような霊気を発している。顔のない歩哨のように、高くなった裁判官席からは一番遠い法廷の隅に立っていた。高欄の囲いの向こうにアンブリッジが座り、片側にはヤックスリー、もう片側には、カターモール夫人と同じくらい青白い顔をしたハーマイオニーが座っている。裁判官席の下には、毛足の長い銀色の猫が往ったりきたりしている。吸魂鬼の発する絶望感から検察側を守っているのはそれだ、とハリーは気づいた。絶望を感じるべきなのは被告であり、原告ではないというわけだ。

「座りなさい」アンブリッジの甘い、滑らかな声が命じる。

カターモール夫人は、高い席から見下ろす床の真ん中に一つだけ置かれた椅子に、よろよろと近寄った。座ったとたんに、椅子の肘掛け部分からガチャガチャと鎖が出てきて、夫人を椅子に縛りつける。

「メアリー・エリザベス・カターモールですね?」アンブリッジが聞く。

カターモール夫人は弱々しくうなずく。

「魔法ビル管理部の、レジナルド・カターモールの妻ですね?」

カターモール夫人はわっと泣き出す。

「夫がどこにいるのかわからないわ。ここで会うはずでしたのに！」

アンブリッジは無視する。

「メイジー、エリー、アルフレッド・カターモールの母親ですね？」

カターモール夫人は、いっそう激しくしゃくり上げる。

「子供たちは怯えています。私が家にもどらないのじゃないかと思って――」

「いいかげんにしろ」ヤックスリーが吐き出すように言う。「『穢れた血』のガキなど、我々の同情を誘うものではない」

カターモール夫人のすすり泣きが、壇に上る階段にそっと近づこうとしているハリーの足音を隠してくれる。猫の守護霊がパトロールしている場所を過ぎたとたん、温度が変わるのを感じた。ここは暖かく快適だ。この守護霊は、アンブリッジのものにちがいない。自分が作成に関与した歪な法律を振りかざし、本領を発揮できるこの上ない幸せを反映して、アンブリッジの分身は光り輝いている。ハリーはゆっくりと慎重に、アンブリッジ、ヤックスリー、ハーマイオニーの座っている裁判官席の後ろの列に回り込んでじりじりと進み、ハーマイオニーの後ろに座る。ハーマイオニーが驚いて、飛び上がりはしないかと心配だ。アンブリッジとヤックスリーに「耳塞ぎ」の呪文をかけようとも思ったが、呪文を小声でつぶやいてもハーマイオニーを驚かせてしまうかもしれない。そのとき、アンブリッジが声を張り上げてカターモール夫人に呼びかけたので、ハリーはその機会をとらえた。

「僕、君の後ろにいるよ」ハリーは、ハーマイオニーの耳にささやく。

思ったとおり、ハーマイオニーは飛び上がり、そのはずみで尋問の記録に使うはずのインク壺をひっくり返すところだった。しかしアンブリッジもヤックスリーも、カターモール夫人に気を取られていて、それに気づかない。

「カターモールさん、あなたが今日魔法省に到着した際に、あなたから杖を取り上げました」アンブリッジが話している。「二十二センチ、桜材、芯は一角獣のたてがみ。この説明がなんのことかわかりますか？」

カターモール夫人は、袖で目を拭ってうなずく。

「この杖を、魔女または魔法使いの、だれから奪ったのか、教えてくれますか？」

「私が――奪った？」カターモール夫人はしゃくり上げた。「いいえ、だ――だれからも奪ったりしませんわ。私は、か――買ったのです。十一歳のときに。そ――その――その杖が――私を選んだのです」

夫人の泣き声が、いっそう激しくなる。

女の子のように小さな笑い声を上げるアンブリッジを、ハリーはなぐりつけてやりたくなった。アンブリッジが自分の餌食をよく見ようと高欄から身を乗り出すと、なにか金色の物がぶらりと前に揺れて、宙にぶら下がった。ロケットだ。

それを見たハーマイオニーが小さなさけび声を上げたが、アンブリッジもヤックスリーも相変わらず獲物に夢中で、いっさい耳に入っていなかった。

「いいえ」アンブリッジが言う。「いいえ、そうは思わないことよ、カターモールさん。杖（つえ）は、魔女とか魔法使いしか選びません。あなたは魔女ではないのよ。あなたに送った調査票へのお答えがここにあります――マファルダ、よこしてちょうだい」

アンブリッジが小さい手を差し出す。その瞬間、あまりにもガマガエルそっくりなのに、ずんぐりした指の間に水掻きが見えないことに、ハリーは相当驚いた。ハーマイオニーは衝撃で手が震えている。横の椅子に崩れんばかりに積まれている文書の山を、もたつく手で探り、ハーマイオニーはやっとのことで、カターモール夫人の名前が書いてある羊皮紙（ようひし）の束を引っ張り出した。

「それ――それ、きれいだわ、ドローレス」

ハーマイオニーは、アンブリッジのブラウスのひだ飾りの中で光っているペンダントを指さす。

「なに？」

アンブリッジは、ぶっきらぼうに言いながら下を見る。

「ああ、これ――家に先祖代々伝わる古い品よ」

アンブリッジは、でっぷりした胸に載っているロケットをポンポンとたたく。

「エスの字はセルウィンのエス……私はセルウィンの血筋なの……実のところ、純血の家系で私の親戚筋でない家族は、ほとんどないわ……残念ながら――」

アンブリッジは、カターモール夫人の調査票にざっと目を通しながら、声を大にして言葉を続ける。

「あなたの場合はそうはいかないようね。両親の職業、青物商」

ヤックスリーは、嘲笑う。下のほうではふわふわした銀色の猫が往ったりきたりの見張りを続け、吸魂鬼は部屋の隅で待ち構えている。

アンブリッジの嘘で一気に頭に血が上ったハリーは、警戒心もなにもかも忘れ果てた。こそ泥から賄賂として奪ったロケットが、自分の純血の証明を補強するのに使われている。ハリーは「透明マント」の下に隠すことさえせず、杖を上げて唱えた。

「ステューピファイ！　麻痺せよ！」

赤い閃光が走る。アンブリッジはくしゃっと倒れて額が高欄の端にぶつかり、カターモール夫人の調査票を膝から床に滑り落とす。同時に、壇の下では、歩き回っていた銀色の猫が消えた。氷のような冷たさが、下から上へ風のように襲ってくる。混乱したヤックスリーは、原因を突き止めようとあたりを見回し、ハリーの体のない手と杖だけが自分を狙っているのを見つけて杖を抜こうとした。しかし、遅すぎた。

「ステューピファイ！　麻痺せよ！」

ヤックスリーはずるっと床に倒れ、身を丸めて横たわる。

「ハリー！」

「ハーマイオニー、黙って座ってなんかいられるか？　あいつが嘘をついて――」

「ハリー、カターモールさんが！」

ハリーは「透明マント」をかなぐり捨てて、すばやく振り向いた。下では、吸魂鬼が部屋の隅から動き出し、椅子に鎖で縛られている女性にスルスルと近づいていく。守護霊が消えたからなのか、それとも飼い主の牽制が効かない状態になったのを感じ取ったからなのか、抑制をかなぐり捨てたようだ。ぬるぬるしたかさぶただらけの手で顎を押し上げられ、上を向かされたカターモール夫人は、凄まじい恐怖の悲鳴を上げた。

「エクスペクト・パトローナム！　守護霊よきたれ！」

銀色の牡鹿がハリーの杖先から飛び出し、吸魂鬼に向かって突進する。吸魂鬼は退却し、ふたたび暗い影となって消えた。牡鹿は地下牢を何度もゆっくりと駆け回って、猫の護りよりずっと力強く暖かい光で部屋全体を満たした。

「分霊箱を取るんだ」ハリーがハーマイオニーに指示する。

ハリーは階段を駆け下りながら、「透明マント」をローブにしまい、カターモール夫人に近づいた。

「あなたが？」夫人はハリーの顔を見つめて、小声で言う。「でも――でも、レッジが言ってたわ。私の名前を提出して尋問させたのは、あなただって！」

「そうなの？」ハリーは、夫人の腕を縛っている鎖を引っ張りながらもごもご弁解する。「そう、気が変わったんだ。ディフィンド！　裂けよ！」何事も起こらない。「ハーマイオニー、どうやって鎖を外せばいい？」

「ちょっと待って。こっちでもやっていることがあるの――」

「ハーマイオニー、吸魂鬼に囲まれてるんだぞ！」

「わかってるわよ、ハリー。でもアンブリッジが目を覚ましたときロケットがなくなっていたら――コピーを作らなくちゃ……ジェミニオ！　そっくり！　ほーら……これでだませるわ……」

ハーマイオニーも階段を駆け下りてきた。

「そうね……レラシオ！　放せ！」

鎖はガチャガチャと音を立てて、椅子の肘掛けにもどった。カターモール夫人は、なおも怯えている。

「わけがわからないわ」夫人が小声で言う。

「ここから一緒に出るんだ」

ハリーは夫人を引っ張って立たせた。

「家に帰って、急いで子供たちを連れて逃げろ。いざとなったら国外に脱出するんだ。変装して逃げろ。事情はその目で見たとおり、ここでは公正に聞いてもらうことなんてできない」

「ハリー」ハーマイオニーが言う。「扉の向こうは、吸魂鬼がいっぱいよ。どうやってここから出るつもり？」

「守護霊(しゅごれい)たちを――」

ハリーは杖(つえ)を自分の守護霊に向けながら指示を出す。牡鹿(おじか)は速度を緩め、まばゆい光を放ったまま並足で扉のほうに移動した。

「できるだけたくさん呼び出すんだ。ハーマイオニー、君のも」

「エクスペク――エクスペクト・パトローナム」ハーマイオニーが唱えたが、何事も起こらない。

「この人は、この呪文だけが苦手なんだ」

ハリーは、呆然(ぼうぜん)としているカターモール夫人に話しかける。

「ちょっと残念だよ、ほんとに……がんばれ、ハーマイオニー」

「エクスペクト・パトローナム！　守護霊よきたれ！」

銀色のカワウソがハーマイオニーの杖先から飛び出し、空中を優雅に泳いで牡鹿のそばに行く。

「行こう」ハリーは、ハーマイオニーとカターモール夫人を連れて扉に向かった。

二体の守護霊が地下牢からスーッと飛び出すと、外で待っていた人々が驚いてさけび声を上げる。ハリーは周囲を見回した。吸魂鬼はハリーたちの両側で退却して闇に溶け、銀色の霊たちの前に散り散りになって消えた。

「みんな家にもどり、家族とともに隠れるようにと決定された」

ハリーは、外で待っていた「マグル生まれ」たちに告げる。守護霊の光をまぶしげに見ながら、みなまだ縮こまっている。

「できればこの国から出るんだ。とにかく魔法省からできるだけ離れること。それが――えぇと――省の新しい立場だ。さあ、守護霊たちに従っていけば、アトリウムから外に出られる」

石段を上がるまでは、なんとか邪魔されることもなく移動できたが、エレベーターに近づくと、ハリーは心配になってきた。銀の牡鹿とカワウソを脇に従え、二十人もの人を連れて、しかもそのうちの半数は「マグル生まれ」として訴えられているとなれば、いやでも人目につくと考えないわけにはいかない。ハリーがそういうありがたくない結論に達したとき、エレベーターが目の前にガチャガチャと停止した。

「レッジ！」

カターモール夫人がさけび声を上げて、ロンの腕の中に飛び込む。

「ランコーンが逃がしてくれたの。アンブリッジとヤックスリーを襲って。そして、私たち全員が国外に出るべきだって、そう言うの。レッジ、そうしたほうがいいわ。ほんとにそう思うの。急いで家に帰りましょう。そして子供たちを連れて、そして――あなた、どうしてこんなに濡れているの？」

「水」

ロンは抱きついている夫人を離しながら、つぶやく。

「ハリー、連中は、魔法省に侵入者がいるって気づいたぜ。アンブリッジの部屋の扉の穴がどうとかって。たぶん、あと五分しかない。それもないかも――」

カワウソの守護霊がポンと消え、ハーマイオニーは恐怖に引きつった顔をハリーに向ける。

「ハリー、ここに閉じ込められてしまったら――！」

「すばやく行動すれば、そうはならない」ハリーが言い切った。

ハリーは、黙々と後ろに従いてきた人々に話しかける。みな呆然とハリーを見つめている。

「杖を持っている者は？」

約半数が手を上げる。

「よし。杖を持っていない者は、だれか持っている者に従いていること。迅速に行動するんだ――連中に止められる前に。さあ、行こう」

全員がなんとか二台に分乗できた。エレベーターの金の格子が閉まり、上りはじめるまで、ハリーの守護霊がその前で歩哨に立った。

「八階」落ち着いた魔女の声が流れる。「アトリウムでございます」

困ったことになったと、ハリーはすぐに気づいた。アトリウムでは大勢の人が、暖炉を次々と閉鎖する作業に動き回っている。

「ハリー！」ハーマイオニーが金切り声を上げる。「どうしましょう――？」

「やめろ！」

ハリーはランコーンの太い声を轟かせる。声はアトリウム中に響き、暖炉閉鎖をしていた魔法使いたちはその場に凍りついた。

「従いてくるんだ」

ハリーは怯え切ったマグル生まれの集団に向かってささやいた。ロンとハーマイオニーに導かれ、みな塊って移動する。

「どうしたんだ、アルバート？」

ハリーが暖炉からアトリウムに入ってきたときに、すぐあとから入ってきた、あの頭の禿げかかった魔法使いだった。神経を尖らせているようだ。

「この連中は、出口が閉鎖される前に出ていかねばならんのだ」

ハリーはできるかぎり重々しく言った。ハリーの目の前にいる魔法使いたちは、顔を見合わせる。

「命令では、すべての出口を閉鎖して、だれも出さないようにと――」

「おれの言うことがきけんのか？」ハリーはこけ威しにどなりつける。「おまえの家系図を調べさせてやろうか？　おれがダーク・クレスウェルにしてやったように」

「すまん！」

禿げかけの魔法使いは息を呑んで後ずさりする。

「そんなつもりじゃない、アルバート、ただ、私はこの連中が……この連中が尋問のためにきたと思ったんで、それで……」

「この者たちは純血だ」

ハリーの低音はホール中に重々しく響く。

「あえて言うが、おまえたちの多くより純血だぞ。さあ、行け」ハリーは大声で言った。

マグル生まれたちはあわてて暖炉の前に進み、二人ずつ組んで姿を消した。魔法省の職員たちは、困惑した顔やら怯えた顔、恨めしげな顔をして、遠巻きに見ている。

そのとき――。

「メアリー！」

カターモール夫人が振り返った。本物のレッジ・カターモールが——もう吐いてはいなかったが——げっそりした青い顔で、エレベーターから降りて走ってくるところだった。

「レ——レッジ？」

夫人は、本物の夫とロンを交互に見る。ロンは大声で事態を罵った。

禿げかけの魔法使いは口をあんぐり開け、夫人は二人のレッジ・カターモールの間で、滑稽な首振り人形になっていた。

「おいおい——どうしたっていうんだ？　こりゃなんだ？」

「出口を閉鎖しろ！　閉鎖しろ！」

ヤックスリーがもう一台のエレベーターから飛び出し、暖炉の脇にいる職員たちに向かってさけびながら走ってくる。マグル生まれは、カターモール夫人を除いて全員、すでに暖炉に消えていた。禿げかけの魔法使いが杖を上げたが、ハリーが巨大な拳を振り上げて、その魔法使いをなぐり飛ばした。

「ヤックスリー、こいつはマグル生まれの逃亡に手を貸していたんだ！」ハリーがさけぶ。

禿げかけの魔法使いの同僚たちが騒ぎ出した。そのどさくさにまぎれて、ロンがカターモール夫人をつかみ、まだ開いている暖炉の中へと姿を消した。ヤックスリーは混乱した顔でハリーとパンチを食らった魔法使いを交互に見ていたが、そのとき本物のレッジ・カターモールが声を上げた。

「私の妻だ！　私の妻と一緒に行ったのはいったいだれだ？　なにが、どうしたというんだ？」

ハリーは、ヤックスリーが声のしたほうを振り向き、その野蛮な顔に、真相がわかったぞというかすかな印が表れるのを見た。

「くるんだ！」

ハリーはハーマイオニーに向かってさけび、手をつかんで一緒に暖炉に飛び込む。ヤックスリーの呪いが、そのときハリーの頭上をかすめて飛んだ。二人は数秒間くるくる回転し、トイレの小部屋に吐き出された。ハリーがパッと戸を開けると、ロンは洗面台の脇に立って、まだカターモール夫人と揉み合っている。

「レッジ、私にはわからないわ――」

「いいからもうやめて。僕は君の夫じゃない。君は家に帰らないといけないんだ！」

ハリーたちの後ろの小部屋で音がした。ハリーが振り返ると、ヤックスリーがハリーたちを追って現れた。

「行こう！」さけぶやいなや、ハリーはハーマイオニーの手をにぎり、ロンの腕をつかんでその場で回転した。

暗闇が三人を呑み込み、ハリーはゴムバンドで締めつけられるような感覚を覚えた。しかしなにかがおかしい……にぎっているハーマイオニーの手が徐々に離れていく……。

ハリーは窒息するのではないかと思った。息をすることもできず、なにも見えない。ただロンの腕とハーマイオニーの指だけが実体のあるものだった。しかもその指がゆっくりと離れていく……。

そのときハリーの目に、グリモールド・プレイス十二番地の扉と蛇の形のドア・ノッカーが見えた。しかしハリーが息を吸い込む前に、悲鳴が聞こえ、紫の閃光が走った。ハーマイオニーの手が、突然万力で締めつけるようにハリーの手をにぎり、すべてがまた暗闇にもどった。

第14章　盗っ人

目を開けると、金色と緑が目にまぶしい。ハリーにはなにが起こったのかさっぱりわからない。わかるのはただ、木の葉や小枝らしきものの上に横たわっていることだけ。ぺちゃんこにつぶれたような感じのする肺に、息を吸い込もうともがきながら、ハリーは目を瞬く。まぶしい輝きは、ずっと高いところにある木の葉の天蓋から射し込む太陽の光だ。なにやら、顔の近くでぴくぴく動いているものがある。ハリーは、なにか小さくて獰猛な生き物と顔を合わせることを覚悟しながら、両手両膝を使って身を起こした。それはロンの片足だった。見回すと、ロンもハーマイオニーも森の中に横たわっている。どうやら、ほかにはだれもいないようだ。

ハリーは、すぐに「禁じられた森」を思い浮かべた。そして、ホグワーツの構内に三人が姿を現すのは愚かで危険だとはわかっていても、こっそり森を抜けてハグリッドの小屋に行けると考えると、ほんの一瞬心が躍った。しかし、低いうめき声を上げるロンに向かって這っていく間に、ハリーはそこが「禁じられた森」ではないことに気づく。樹木はずっと若く、木の間隔も広がっていて、下草が少ない。ロンの頭のところで、反対側から這ってきたハーマイオニーと顔を合わせる。ロンを見たとたん、ハリーの頭から、他のいっさいの心配事が吹き飛んでしまった。ロンの左半身は血まみれで、その顔は、落ち葉の散り敷かれた地面の上で際立って白く見える。ポリジュース薬の効き目が切れかかっていて、ロンはカターモールとロンが混じった姿をしていた。ますます血の気が失せていく顔とは反対に、髪は徐々に赤くなっている。

「どうしたんだろう？」

「『バラけ』たんだわ」

ハーマイオニーの指は、すでに血の色が一番濃く、一番濡れている袖のところを、てきぱきと探っている。

ハーマイオニーがロンのシャツを破るのを、ハリーは恐ろしい思いで見つめた。「バラけ」については、なにか滑稽なものだとずっとそう思っていたが、しかしこれは……ハーマイオニーがむき出しにしたロンの二の腕を見て、ハリーは腸がざわっとする。肉がごっそり削がれている。ナイフでそっくり抉り取ったかのようだ。

「ハリー、急いで、私のバッグ。『ハナハッカのエキス』というラベルが貼ってある小瓶よ――」

「バッグ――わかった――」

ハリーは急いでハーマイオニーが着地したところに行き、小さなビーズのバッグをつかんで手を突っ込む。たちまち、次々といろいろな物が手に触れた。革製本の背表紙、毛糸のセーターの袖、靴の踵――。

「早く！」

ハリーは地面に落ちていた自分の杖をつかんで杖先を魔法のバッグに入れ、深い奥底を狙って唱えた。

「アクシオ！　ハナハッカよ、こい！」

小さい茶色の瓶が、バッグから飛び出してきた。ハリーはそれを捕まえて、ハーマイオニーとロンのところに急いでもどる。ロンの目は、もはやほとんど閉じられ、白目の一部が細く見えるだけだ。

「気絶してるわ」

ハーマイオニーも青ざめている。もうマファルダの顔には見えなかったが、髪にはまだところどころ白髪が見える。

「ハリー、栓を開けて。私、手が震えて」

ハリーは小さな瓶の栓をひねり、ハーマイオニーがそれを受け取って血の出ている傷口に三滴垂らす。緑がかった煙が上がり、それが消えたときには、血は止まっていた。傷口は数日前の傷のようになり、肉がむき出しになっていた部分に新しい皮が張っている。

「わあ」ハリーは感心した。

「安全なやり方は、これだけなの」

ハーマイオニーはまだ震えている。

「完全に元どおりにする呪文もあるけれど、試す勇気がなかったわ。やり方をまちがえて、もっとひどくなるのが怖くて……ロンは、もうずいぶん出血してしまったんですもの……」

「ロンはどうしてけがしたんだろう？　つまり――」

頭をすっきりさせ、たったいま起こったことになんとか筋道をつけようと、ハリーは頭を振った。

「僕たち、どうしてここにいるんだろう？　グリモールド・プレイスにもどるところだと思ったのに？」

ハーマイオニーは深く息を吸う。泣き出しそうな顔だ。

「ハリー、私たち、もうあそこへはもどれないと思うわ」

「どうしてそんな――？」

「『姿くらまし』したとき、ヤックスリーが私をつかんだの。あんまり強いものだから、私、振り切れなくて、グリモールド・プレイスに着いたときも、あの人はまだくっついていたの。だけどそのとき――そうね、ヤックスリーは扉を見たにちがいないわ。それで、私たちがそこで停止すると思って、手を緩めたのよ。だからやっと振り切って、それで、それで、私があなたたちをここに連れてきたの！」

「だけど、そしたら、あいつはどこに？　あそこには、入れないだろう？　待てよ……まさか、グリモールド・プレイスにいるんじゃないだろうな？」

ハーマイオニーは、涙がこぼれそうな目でうなずく。

「ハリー、入れると思うわ。私――私は『引き離しの呪い』でヤックスリーを振り離したの。でもそのときにはすでに、私があの人を『忠誠の術』の保護圏内に入れてしまっていたのよ。ダンブルドアが亡くなってから、私たちも『秘密の守人』だったわ。だから私が、その秘密をヤックスリーに渡してしまったことになるでしょう？」

ハリーは、ハーマイオニーの言うとおりだと思った。事実を欺いてもしかたがない。大きな痛手だ。ヤックスリーがあの屋敷に入れるなら、三人はもうもどることはできない。いまのいまでさえ、ヤックスリーは他の死喰い人たちを「姿現わし」させて、あそこに連れてきているかもしれない。あの屋敷は、たしかに暗くて圧迫感はあったが、三人にとっては唯一の安全な避難場所になっていた。それに、クリーチャーがあれほど幸せそうで親しくなったいまは、我が家のようなものだった。いまごろあの屋敷しもべ妖精は、ハリーやロンやハーマイオニーに食べてはもらえないステーキ・キドニー・パイを、いそいそと作っていることだろう。そう思うと、ハリーは胸が痛む。それは食べられない無念さとは、まったく別の痛みだ。

「ハリー、ごめんなさい。本当にごめんなさい！」

「ばか言うなよ。君のせいじゃない！　だれのせいと言うなら、僕だ……」

ハリーはポケットに手を入れて、マッド-アイの目玉を取り出した。ハーマイオニーは、怯えたように後ずさりする。

「アンブリッジのやつが、これを自分の部屋の扉にはめ込んで、職員を監視していた。僕、そのままにしておけなかったんだ……でも、やつらが侵入者に気づいたのは、これのせいだ」

ハーマイオニーが答える前に、ロンがうめいて目を開ける。顔色はまだ青く、顔は脂汗で光っていた。

「気分はどう？」ハーマイオニーがささやく。

「めちゃ悪」

ロンはかすれ声で答え、けがをした腕の痛みで顔をしかめる。

「ここはどこ？」

「クィディッチ・ワールドカップがあった森よ」

ハーマイオニーが説明する。

「どこか囲まれたところで、保護されているところが欲しかったの。それでここが――」

「――最初に思いついたところか」

ハリーが、あたりを見回しながら言葉を引き取る。林の中の空き地には、見たところ人の気配はない。しかしハリーは、ハーマイオニーが最初に思いついた場所に「姿現わし」した、前回の出来事を思い出さずにはいられない。あのとき、死喰い人は、たった数分で三人を見つけた。あれは「開心術」だったのだろうか？　ヴォルデモートか腹心の部下が、いまこの瞬間にも、ハーマイオニーが二人を連れてきたこの場所を読み取っているだろうか？

「移動したほうがいいと思うか？」

ロンがハリーに問いかける。ロンの表情から、ハリーはロンが自分と同じことを考えていると思った。

「わからないけど――」

ロンはまだ青ざめて、じっとりと汗ばんでいる。上半身を起こそうともせず、それだけの力も出ないように見える。ロンを動かすとなると、相当にやっかいだ。

「しばらく、ここにいよう」ハリーが決断する。

ハーマイオニーはほっとしたような顔で、すぐに立ち上がった。

「どこに行くの？」ロンが聞く。

「ここにいるなら、まわりに保護呪文をかけないといけないわ」

ハーマイオニーは杖（つえ）を上げてぶつぶつ呪文を唱えながら、ハリーとロンの周囲に大きく円を描くように歩きはじめる。ハリーの目には、周囲の空気に小さな乱れが生じたように見えた。ハーマイオニーが、この空き地を陽炎（かげろう）で覆ったような感じだ。

「サルビオ ヘクシア（のろいをさけよ）……プロテゴ トタラム（ばんぜんのまもり）……レペロ マグルタム（マグルをよけよ）……マフリアート（みみふさぎ）……ハリー、テントを出してちょうだい……」

「テントって？」

「バッグの中よ！」

「バッ……あ、そうか」ハリーはあわてて答える。

今回はわざわざ中を手探りしたりせず、最初から「呼び寄せ呪文」を使った。テント布や張り綱、ポールなどが一包みとなった大きな塊（かたまり）が出てきた。猫の臭いがする。このテントは、クィディッチ・ワールドカップの夜に使ったものだ。

「これ、魔法省の、あのパーキンズって人のものじゃないのかな？」

テントのペグのからまりを解きほぐしながら、ハリーが聞く。

「返して欲しいと、思わなかったみたい。腰痛があんまりひどくて」

ハーマイオニーは、次には杖で8の字を描く複雑な動きをしながら答えた。

「だから、ロンのパパが、私に使ってもいいっておっしゃったの。エレクト！　立て！」

最後にハーマイオニーは、ぐしゃぐしゃのテント布に杖を向けて唱える。すると、流れるような動きでテントが宙に昇り、ハリーの前に降りて、完全なテントが一気に建ち上がった。そして、ハリーの持っているテントのペグが一本、あっという間に手を放れて、張り綱の先端にドスンと落ちた。

「カーベ　イニミカム！　敵を警戒せよ！」

ハーマイオニーは、仕上げに天に向かって華やかに杖を打ち振った。

「私にできるのはここまでよ。少なくとも連中がやってきたらわかるけど、保証できないのは、果たしてヴォル――」

「その名前を言うなよ！」ロンが厳しい声で遮る。

ハリーとハーマイオニーは顔を見合わせる。

「ごめん」

ロンは、小さくうめきながら体を起こし、二人を見て謝った。

「でも、その名前はなんだか、えーと――縁起が悪いと言うか、そんな感じがするんだ。頼むから『例のあの人』って呼べないかな――だめ？」

「ダンブルドアは、名前を恐れれば――」ハリーが言いかける。

「でもさ、いいか、念のため言うけど、『例のあの人』を名前で呼んだって、最終的にはダンブルドアの役には立たなかったぜ」

ハリーを遮って（さえぎって）ロンが噛み（かみ）つき返す。

「とにかく――とにかく『例のあの人』に尊敬のかけらぐらい示してくれないか？」

「尊敬？」

ハリーは言い返そうとしたが、ハーマイオニーがだめよという目つきでハリーを制した。ロンが弱っているときに、議論すべきではないと言いたいらしい。

ハリーとハーマイオニーで、ロンをテントの入口から中へと半分引きずるようにして運ぶ。中は、ハリーの記憶とぴったり一致した。狭いアパートで、バスルームと小さいキッチンがついている。ハリーは古い肘掛（ひじかけ）椅子を押し退け（のけ）て、ロンを二段ベッドの下段にそっと下ろした。ロンは、こんな短い距離の移動でも、ますます血の気を失っている。ベッドにいったん落ち着くと、ロンはふたたび目を閉じ、しばらくは口もきけなかった。

「お茶を入れるわ」

ハーマイオニーが息を切らしながらそう言い、バッグの底のほうからヤカンと、マグを取り出して、キッチンに向かう。

マッド-アイが死んだ夜にはファイア・ウィスキーが効いたが、いまのハリーには、温かい飲み物がそれと同じくらいありがたい。胸の中でうごめいている恐怖を、熱い紅茶が少しは溶かしてくれるような気がする。しばらくすると、ロンが沈黙を破った。

「カターモール一家は、どうなったかなぁ？」

「運がよければ、逃げおおせたと思うわ」

ハーマイオニーが、慰めを求めるように熱いマグをにぎりしめる。

「カターモールが機転をきかせれば、奥さんを『付き添い姿くらまし』で運んで、いまごろは子供たちと一緒に国外へ脱出しているはずよ。ハリーが奥さんにそうするように言ったもの」

「まったくさあ、僕、あの家族に逃げて欲しいよ」

上半身を起こしていたロンが、枕に寄りかかりながら言う。紅茶が効いたのか、ロンの顔に少し赤みが注してきている。

「だけど、あのレッジ・カターモールってやつ、あんまり機転がきくとは思えなかったな。カターモールだった僕に、みんながどんなふうに話しかけてきたかを考えるとさ。あぁ、あいつらうまくいくといいのに……僕たちのせいで、あの二人がアズカバン行きなんかになったら……」

ハリーはハーマイオニーに質問しようとした――カターモール夫人に杖がなかったことが、夫に『付き添い姿くらまし』してもらう障害になったかどうか――しかし、喉まで出かかったその質問は、ハーマイオニーを見て引っ込んでしまった。カターモール一家の運命をさかんに心配するロンを見つめるその表情が、まさに優しさそのものという感じで、まるでハーマイオニーがロンにキスしているところを見てしまったみたいに、ハリーはどぎまぎした。

「それで、手に入れたの？」

ハリーは、自分もその場にいるのだということをハーマイオニーに思い出させる意味も込めて、たずねた。

「手に入れる――なにを？」

ハーマイオニーは、ちょっとどきっとしたように聞く。

「なんのためにこれだけのことをしたと思う？　ロケットだよ！　ロケットはどこ？」

「手に入れたのか？」

ロンは、枕にもたせかけていた体を少し浮かせてさけんだ。

「だれも教えてくれなかったじゃないか！　なんだよ、ちょっと言ってくれたってよかったのに！」

「あのね、私たち、死喰い人から逃れるのに必死だったんじゃなかったかしら？」

ハーマイオニーが言い返す。

「はい、これ」

ハーマイオニーは、ローブのポケットからロケットを引っ張り出して、ロンに渡した。

鶏の卵ほどの大きさだ。キャンバス地の天井を通して入り込む散光の下で、小さな緑の石をたくさんはめ込んだ「S」の装飾文字が、鈍い光を放っている。

「クリーチャーの手を離れてからあと、だれかが破壊したって可能性はないか？」

ロンが期待顔をする。

「つまりさ、それはまだ、たしかに分霊箱か？」

「そう思うわ」

ハーマイオニーが、ロンから引き取ったロケットをよく見ながら言う。

「もし魔法で破壊されていたら、なんらかの印が残っているはずよ」

ハーマイオニーから渡されたロケットを、ハリーは手の中で裏返してみた。どこも損なわれていない、まったく手つかずの状態に見える。ハリーは、日記帳がどんなにずたずたの残骸になったか、ダンブルドアに破壊された分霊箱の指輪の石が、どんなにパックリ割れていたかを思い出す。

「クリーチャーが言ったとおりだと思う」ハリーが言う。「破壊する前に、まずこれを開ける方法を考えないといけないんだ」

そう言いながらハリーは、自分がいま手にしているものがなんなのか、この小さい金のふたの後ろになにが息づいているのかを、突然強く意識した。探し出すのにこれほど苦労したのに、ハリーはロケットを投げ捨てたいという激しい衝動に駆られる。気を取りなおして、ハリーは指でふたをこじ開けようとした。次には、ハーマイオニーがレギュラスの部屋を開けるときに使った呪文を試してもみた。どちらもだめだった。ハリーはロケットを、ロンとハーマイオニーにもどした。二人ともそれぞれ試してはいたが、ハリーと変わりのない結果で、開けられない。

「だけど、感じないか？」

ロンがロケットをにぎりしめ、声をひそめて言う。

「なにを？」

ロンは分霊箱(ぶんれいばこ)をハリーに渡す。しばらくして、ハリーはロンの言っていることがわかるような気がした。自分の血が、血管を通って脈打つのを感じているのか、それともロケットの中の、なにか小さい金属の心臓のようなものの脈打ちを感じているのか？

「これ、どうしましょう？」

ハーマイオニーが問いかける。

「破壊する方法がわかるまで、安全にしまっておこう」

ハリーはそう答え、気が進まなかったが鎖を自分の首にかけ、ロケットをローブの中に入れて外から見えないようにする。ロケットは、ハグリッドがくれた巾着（きんちゃく）と並んで、ハリーの胸の上に収まった。

「テントの外で、交互に見張りをしたほうがいいと思うよ」

ハリーは、ハーマイオニーにそう言いながら立ち上がって、伸びをする。

「それに、食べ物のことも考える必要があるな。君はじっとしているんだ」

起き上がろうとしてまた真っ青になったロンを、ハリーは厳しく制する。

ハーマイオニーがハリーの誕生日プレゼントにくれた「かくれん防止器」を慎重にテント内のテーブルに置き、ハリーとハーマイオニーはその日一日中、交代で見張りに立った。しかし、「かくれん防止器」は置かれたまま日がな一日音も立てず、動きもしない。ハーマイオニーが周囲にかけた保護呪文やマグル避け呪文が効いているせいか、それともこのあたりにわざわざくる人がめったにいないせいか、時折やってくる小鳥やリス以外には、三人のいる空き地を訪れる者はない。夕方になっても変わりはなかった。

十時にハーマイオニーと交代すると、ハリーは杖灯りを点けて、閑散としたあたりの光景に目を凝らす。保護された空き地の上に切り取ったように見える星空を、コウモリたちが高々と横切って飛ぶのが見える。

ハリーは空腹を感じ、頭が少しぼうっとする。夜にはグリモールド・プレイスにもどっているはずだったので、ハーマイオニーは魔法のバッグに食べ物をなにも入れてきてはいない。今夜の食事は、ハーマイオニーが近くの木々の間から集めてきた茸を、キャンプ用のブリキ鍋で煮込んだものだけ。ロンは二口食べて、吐きそうな顔で皿を押しやる。ハリーは、ハーマイオニーの気持ちを傷つけないように、との思いだけでこらえた。

ときとして周囲の静けさを破るのは、ガサガサという得体の知れない音や小枝の折れるような音だけだ。人間ではなく、むしろ動物の立てる音なのだろう。しかし杖は、いつでも使えるようにしっかりにぎり続けている。空き腹にゴムのような茸を少しばかり食べたあとの気持ちの悪さも手伝って、ハリーの胃は不安でちくちく痛んだ。

分霊箱をなんとか奪い返せば、きっと意気揚々とした気持ちになるだろうと思っていたが、なぜかそんな気分ではない。杖灯りは暗闇のほんの一部しか照らさず、じっと座って闇を見つめながら、ハリーには、これからどうなるのだろうという不安しか感じられない。ここまでくるのに、何週間も、何か月も、いやもしかしたら何年も走り続けてきたような気がする。ところがいまや、急に道が途切れて立ち往生してしまったように思える。

どこかに残りの分霊箱がある。しかしいったいどこにあるのか、ハリーには皆目見当がつかない。残りの分霊箱がなんなのか、その全部を把握しているわけでもない。一方、たった一つ見つけ出した分霊箱、そしていまハリーの裸の胸に直接触れている分霊箱にしたって、どうやったら破壊できるのか、ハリーは途方に暮れるばかりだ。

奇妙なことに、ロケットはハリーの体温で温まることもなく、まるで氷水から出たばかりのような冷たさで肌に触れていた。気のせいかもしれないが、ときどきハリー自身の鼓動と並んで、別の小さく不規則な脈が感じられる。

暗闇にじっとしていると、言い知れぬ不吉な予感が忍び寄ってくる。ハリーは不安と戦い、押し退けようとしたが、暗い想いはなお容赦なくハリーを苛む。一方が生きるかぎり、他方は生きられぬ。いまハリーの背後のテントで低い声で話しているロンとハーマイオニーは、そうしたければ去ることができる。ハリーにはできない。その場にじっと座って、自分自身の恐れや疲労を克服しようと戦っているハリーには、胸に触れる分霊箱が、ハリーに残された時を刻んでいるかのように思われる……ばかばかしい考えだ、とハリーは自分に言い聞かせる。そんなふうに考えるな……。

傷痕がまた痛み出した。そんなふうに考えることが、この痛みを自ら招く結果になっているのではないかと不安になり、ハリーは別なことを考えようとした。哀れなクリーチャー。三人の帰りを待っていたのに、代わりにヤックスリーを迎えなければならない。しもべ妖精は沈黙を守るだろうか、それとも死喰い人に知っていることを全部話してしまうだろうか。ハリーは、この一か月の間に、クリーチャーの自分に対する態度は変わったと信じたかった。いまは、ハリーに忠誠を尽くすだろうと信じたい。しかしなにが起こるかわからない。死喰い人がしもべ妖精を拷問したら？　いやなイメージが頭に浮かび、ハリーはこれも押し退けようとした。

クリーチャーのために、自分はなにもしてやれない。ハーマイオニーもハリーも、クリーチャーを呼び寄せないことに決めていた。魔法省からだれか一緒に従ってきたらどうなる？　ハーマイオニーの袖口をつかんだヤックスリーを、グリモールド・プレイスに連れてきてしまったと同じような欠陥が、しもべ妖精の「姿現わし」には絶対にないとは言い切れまい。

傷痕は、いまや焼けるようだ。自分たちの知らないことがなんと多いことか。ルーピンの言ったことは正しかった。いままで出会ったことも、想像したこともない魔法がある。ダンブルドアは、どうしてもっと教えてくれなかったのか？　まだまだ時間があると思ったのだろうか。この先何年も、もしかしたら友人のニコラス・フラメルのように、何百年も生きると思っていたのだろうか？　そうだとしたら、ダンブルドアはまちがっていた……スネイプのせいで……スネイプのやつ、眠れる蛇め、あいつがあの塔の上で撃ったんだ……。

　そしてダンブルドアは落ちていった……落ちて……。

「俺様（おれさま）にそれを渡せ、グレゴロビッチ」

　ハリーの声はかん高く、冷たく、はっきりしていた。青白い手、長い指で杖（つえ）を掲げている。杖を向けられた男は、ロープもないのに逆さ吊りになって浮かんでいる。見えない、薄気味の悪い縛（いまし）めを受け、手足を体に巻きつけられて揺れている。怯（おび）えた顔が、ハリーの顔の高さにあった。頭に血が下がって、赤い顔をしている。

男の髪は真っ白で、豊かな顎（あご）ひげを生やしている。手足を縛られたサンタクロースのようだ。

「わしはない、持って。もはやない、持って！　それは、何年も前に、わしから盗まれた！」

「ヴォルデモート卿（きょう）に嘘をつくな、グレゴロビッチ。帝王は知っている……常に知っているのだ」

吊るされた男の瞳孔（どうこう）は、恐怖で大きく広がっている。それが大きくふくれ上がるように見えたかと思うと、ハリーはまるごとその瞳の黒さの中に呑(の)み込まれた――。

ハリーはいま、手提げランプを掲げて走る、小柄ででっぷりしたグレゴロビッチのあとを追って、暗い廊下を急いでいた。グレゴロビッチは、廊下の突き当たりにある部屋に、勢いよく飛び込んだ。ランプが、工房と思われる場所を照らし出す。鉋屑(かんなくず)や金が、揺れる光溜りの中で輝く。出窓の縁に、ブロンドの若い男が大きな鳥のような格好で止まっている。一瞬、ランプの光が男を照らした。ハンサムな顔が、大喜びしているのが見える。そして、その侵入者は自分の杖(つえ)から「失神(しっしん)呪文」を発射し、高笑いしながら、後ろ向きのままあざやかに窓から飛び降りた。

ハリーは、広いトンネルのような瞳孔から、矢のようにもどってきた。グレゴロビッチは、恐怖で引き攣(つ)った顔をしている。

「グレゴロビッチ、あの盗人はだれだ?」

かん高い、冷たい声が聞く。

「知らない。ずっとわからなかった。若い男だ――助けてくれ――お願いだ――お願いだ!」

さけび声が長々と続き、そして緑の閃光(せんこう)が――。

「ハリー!」

ハリーは喘ぎながら目を開けた。額がずきずきする。ハリーはテントに寄りかかったまま眠りに落ち、ずるずると横に倒れて地面に大の字になっている。見上げるとハーマイオニーの豊かな髪が、黒い木々の枝からわずかに見える夜空を覆っている。

「夢だ」

ハリーは急いで体を起こし、睨みつけているハーマイオニーに、なんでもないという顔をしてみせようとした。

「転た寝したみたいだ。ごめんよ」

「傷痕だってことはわかってるわ! 顔を見ればわかるわよ! あなた、またヴォル——」

「その名前を言うな!」

テントの奥から、ロンの怒った声が聞こえる。

「いいわよ」ハーマイオニーが言い返す。「それじゃ、『例のあの人』の心を覗いていたでしょう!」

「わざとやってるわけじゃない!」ハリーが言い訳をする。「夢だったんだ! ハーマイオニー、君なら、夢の中身を変えられるのか?」

「あなたが『閉心術』を学んでさえいたら——」

しかしハリーは、説教されることには興味がない。いま見たことを話し合いたかった。

「あいつは、グレゴロビッチを見つけたよ、ハーマイオニー。それに、たぶん殺したと思う。だけど殺す前に、グレゴロビッチの心を読んだんだ。それで、僕、見たんだ――」

「あなたが居眠りするほど疲れているなら、見張りを変わったほうがよさそうね」

ハーマイオニーが冷たく言い放つ。

「交代時間がくるまで見張るよ！」

「だめよ。あなたはまちがいなく疲れているわ。中に入って横になりなさい」

ハーマイオニーは、意地でも動かないという顔でテントの入口に座り込む。ハリーは腹が立ったが、けんかはしたくなかったので入口をくぐって中に入った。

ロンが、まだ青い顔で二段ベッドの下から顔を突き出していた。ハリーはその上のベッドに登り、横になって天井の暗いキャンバス地を見上げる。しばらくするとロンが、入口にうずくまっているハーマイオニーに届かないくらいの低い声で、話しかけてきた。

「『例のあの人』は、なにをしてた？」

ハリーは細かいところまで思い出そうと、眉根（まゆね）を寄せて考えてから、暗闇に向かってひそひそとささやいた。

「あいつは、グレゴロビッチを見つけた。縛り上げて拷問していた」

「縛られてたら、グレゴロビッチは、どうやってあいつの新しい杖を作るって言うんだ?」

「さあね……変だよな?」

ハリーは目を閉じて、見たこと聞いたことを全部反芻した。思い出せば出すほど、意味をなさなくなる……ヴォルデモートは、ハリーの杖のことを一言も言わなかったし、杖の芯が双子であることにも触れなかった。ハリーの杖を打ち負かすような新しい、より強力な杖を作れとも言わなかった……。

「グレゴロビッチの、なにかが欲しかったんだ」ハリーは、目をしっかりと閉じたままつぶやく。「あいつはそれを渡せと言ったけど、グレゴロビッチは、もう盗まれてしまったと言っていた……それから……それから……」

ハリーは、自分がヴォルデモートになってグレゴロビッチの目の中を走り抜け、その記憶に入り込んだ様子を思い出す。

「あいつはグレゴロビッチの心を読んだ。そして僕は、だれだか若い男が出窓の縁に乗って、グレゴロビッチに呪いを浴びせてから、飛び降りて姿を消すところを見た。あの男が盗んだんだ。『例のあの人』が欲しがっていた、なにかを盗んだ。それに僕……あの男をどこかで見たことがあると思う……」

ハリーは、高笑いしていた若者の顔を、もう一度よく見たいと思った。盗まれたのは何年も前だと、グレゴロビッチは言った。それなのに、どうしてあの若い盗っ人の顔に見覚えがあるのだろう？

周囲の森のざわめきは、テントの中ではくぐもって聞こえる。ハリーの耳には、ロンの息遣いしか聞こえない。しばらくして、ロンが小声で言う。

「その盗っ人の持っていたもの、見えなかったのか？」

「うん……きっと、小さなものだったんだ」

「ハリー？」

ロンが体の向きを変え、ベッドの下段の板が軋む。

「『例のあの人』は、分霊箱にするなにかを探しているんだとは思わないか？」

「わからないよ」ハリーは考え込む。「そうかもしれない。だけどもう一つ作るのは、あいつにとって危険じゃないか？　ハーマイオニーが、あいつはもう、自分の魂を限界まで追いつめたって言っただろう？」

「ああ、だけど、あいつはそれを知らないかも」

「うん……そうかもな」ハリーが答えた。

ヴォルデモートは、双子の芯の問題を回避する方法を探していた。ハリーは、そう確信している。あの年老いた杖作りにその解決策を求めたにちがいない、と思っていた……しかしやつは、どう見ても、杖の秘術など一つもただすことなく、その杖作りを殺してしまった。

いったい、ヴォルデモートはなにを探していたのだろう？　魔法省や魔法界を従えておきながら、いったいなぜ遠出までして、見知らぬ盗っ人に盗られてしまったグレゴロビッチのかつての所有物を、必死で求めようとしたのだろう？

ハリーの目には、あのブロンドの若者の顔が、まだ焼きついている。陽気で奔放な顔。どこかフレッドやジョージ的な、策略の成功を勝ち誇る雰囲気がある。まるで鳥のように、窓際から身を躍らせた。どこかで見たことがある。しかしハリーには、どこだったか思い出せない……。

グレゴロビッチが死んだいま、次はあの陽気な顔の盗っ人が危険だ。ロンのいびきが下のベッドから聞こえてきて、ハリー自身も、その若者のことに思いを巡らしながら、ゆっくりと二度目の眠りに落ちていった。

第15章　小鬼の復讐

次の朝早く、ハリーは二人が目を覚ます前にテントを抜け出し、森を歩いて、一番古く、節くれだって反発力のありそうな木を探した。そしてその木陰に、マッド-アイ・ムーディの目玉を埋め、杖でその木の樹皮に小さく「＋」と刻んで目印にした。たいした設えではないが、マッド-アイにとっては、ドローレス・アンブリッジの扉にはめ込まれているよりはうれしいだろう。それからテントにもどり、次の行動を話し合おうと、二人が目を覚ますのを待った。

ハリーもハーマイオニーも、ひと所にあまり長く留まらないほうがよいだろうと考えていた。ロンもそれに同意はしたが、ただ一つ、次に移動する場所はベーコン・サンドイッチが容易に手に入るところ、という条件をつけた。ハーマイオニーは、空き地のまわりにかけた呪文を解き、ハリーとロンは、キャンプしたことがわかるような痕跡を地上から消す。それから三人は、「姿くらまし」で小さな市場町の郊外に移動した。

低木の小さな林で隠された場所にテントを張り終え、新たに防衛のための呪文を張り巡らせると、ハリーは「透明マント」をかぶり、思い切って食べ物を探しに出かける。しかし、計画どおりにはいかなかった。町に入るか入らないうちに、時ならぬ冷気があたりを襲い、霧が立ち込めて急に空が暗くなり、ハリーはその場に凍りついたように立ち尽くしてしまった。

「だけど君、すばらしい守護霊が創り出せるじゃないか！」

ハリーが手ぶらで息せき切ってもどり、声も出せずに「吸魂鬼だ」と、ただ一言を唇の動きで伝えると、ロンが抗議した。

「創り出せ……なかった」

ハリーは鳩尾を押さえて、喘ぎながら言う。

「出て……こなかった」

唖然として失望する二人の顔を見て、ハリーはすまないと思う。霧の中からスルスルと現れる吸魂鬼を遠くに見た瞬間、ハリーは身を縛るような冷気に肺を塞がれ、遠い日の悲鳴が耳の奥に響いてきて、自らの身を護ることができないと感じた。それはハリーにとって悪夢のような経験だ。マグルは、吸魂鬼の姿を見ることはできなくともその存在が周囲に広げる絶望感は、まちがいなく感じているはずだ。目のない吸魂鬼がマグルの間を滑るように動き回るのも放置し、ハリーは、ありったけの意思の力を振りしぼってその場から逃げ出すのがやっとだった。

「それじゃ、また食い物なしか」

「ロン、お黙りなさい」

ハーマイオニーが厳しく叱る。

「ハリー、どうしたって言うの？　なぜ守護霊を呼び出せなかったと思う？　昨日は完璧にできたのに！」

「わからないよ」

ハリーは、パーキンズの古い肘掛椅子に座り込んで、小さくなる。次第に屈辱感が募ってくる。自分のなにかがおかしくなったのではないか、と心配になる。昨日という日が、ずいぶん昔に思える。今日は、ホグワーツ特急の中で、ただ一人だけ気絶した十三歳のときの自分にもどってしまったような気がした。

ロンは、椅子の脚を蹴飛ばした。

「なんだよ？」

ロンがハーマイオニーに食ってかかる。

「僕は飢え死にしそうだ！　出血多量で半分死にかけたときから、食った物といえば、毒茸二本だけだぜ！」

「それなら君が行って吸魂鬼と戦えばいい」ハリーは、癇に障って言い返した。

「そうしたいさ。だけど、気づいてないかもしれないけど、僕は片腕を吊っているんだ！」

「そりゃあ好都合だな」

「どういう意味だ――？」

「わかった！」

ハーマイオニーが額をピシャッとたたいてさけぶのに驚いて、二人とも口をつぐんだ。

「ハリー、ロケットを私にちょうだい！　さあ、早く」

ハリーがぐずぐずしていると、ハーマイオニーはハリーに向かって指を鳴らしながら、もどかしそうに言う。

「分霊箱よ、ハリー。あなたがまだ下げているでしょう！」

ハーマイオニーは両手を差し出し、ハリーは金の鎖を持ち上げて頭から外す。それが肌を離れるが早いか、ハリーは解放されたように感じ、不思議に身軽になった。それまでじっとりと冷や汗をかいていたことにも、胃を圧迫する重さを感じていたことにも、そういう感覚が消えたいまのいままで気づきもしなかった。

「楽になった？」ハーマイオニーが聞く。

「ああ、ずっと楽だ！」

「ハリー」

ハーマイオニーはハリーの前に身をかがめて、重病人を見舞うときの声とはまさにこうだろう、と思うような声で話しかける。

「取り憑かれていた、そう思わない？」

「えっ？　ちがうよ！」

ハリーはむきになる。

「それを身につけているときに、僕たちがなにをしたか全部覚えているもの。もし取り憑かれていたら、自分がなにをしたかわからないはずだろう？　ジニーが、ときどきなんにも覚えていないことがあったって話してくれた」

「ふーん」

ハーマイオニーは、ずっしりとしたロケットを見下ろしながら言う。

「そうね、身につけないほうがいいかもしれない。テントの中に保管しておけばいいわ」

「分霊箱を、そのへんに置いておくわけにはいかないよ」ハリーがきっぱりと否定した。「なくなったり、盗まれでもしたら――」

「わかったわ、わかったわよ」

ハーマイオニーは自分の首にかけ、ブラウスの下に入れて見えないようにする。

「だけど、一人で長く身につけないように、交代でつけることにしましょう」

「結構だ」ロンがいらついた声を出す。「そっちは解決したんだから、なにか食べる物をもらえないかな？」

「いいわよ。だけど、どこか別のところに行って見つけるわ」

ハーマイオニーが、横目でちらっとハリーを見ながら言う。

「吸魂鬼が飛び回っているところに留まるのは無意味よ」

結局三人は、人里離れてぽつんと建つ農家の畑で、一夜を明かすことになる。そしてその農家からやっと卵とパンを手に入れた。

「これって、盗みじゃないわよね？」

三人でスクランブルエッグを載せたトーストを貪るように頬張りながら、ハーマイオニーが気遣わしげに言う。

「鶏小屋に、少しお金を置いてきたんだもの」

ロンは目をぐるぐるさせ、両頬をふくらませながら答える。

「アーーミーーニー、くみ　しんぽい　しすぎ。イラックス！」

事実、心地よく腹がふくれるとリラックスでき、その夜は、吸魂鬼についての言い争いが、笑いのうちに忘れ去られた。三交代の夜警の、最初の見張りに立つハリーは、陽気なばかりか希望に満ちた気分にさえなっていた。

満たされた胃は意気を高め、空っぽの胃は言い争いと憂鬱（ゆううつ）をもたらす。三人は、この事実にはじめて出会った。ハリーにとっては、これは、あまり驚くべき発見ではない。餓死寸前の状態なら、ダーズリー家で経験している。ハーマイオニーも、木苺（きいちご）やかび臭いビスケットしかないこれまでの何日かを、かなりよく耐えている。いつもより少し短気になったり、気難しい顔で黙りこくることが多くなったことはあるけれど。ところが、これまで母親やホグワーツの屋敷しもべ妖精のおかげで、三度三度おいしい食事をしていたロンは、空腹に耐えられずわがままになり、怒りっぽくなった。食べ物のないときと分霊箱（ぶんれいばこ）を持つ順番とが重なると、ロンは思い切りいやなやつになる。

「それで、次はどこ?」

ロンは口癖のように繰り返して聞いた。自分自身ではなんの考えも出さず、そのくせ自分が食料の少なさをくよくよ悩んでいる間に、ハリーとハーマイオニーが計画を立ててくれると期待している。結局、ハリーとハーマイオニーの二人だけが、どこに行けば他の分霊箱が見つかるのか、どうしたらすでに手に入れた分霊箱を破壊できるのかと、結論の出ない話し合いに、何時間も費やすことになった。新しい情報がまったく入らない状況では、二人の会話は次第に堂々巡りになっていく。

ダンブルドアがハリーに、分霊箱の隠し所はヴォルデモートにとって重要な場所にちがいないと教えていたこともあって、話し合いの中では、ヴォルデモートが住んでいたか訪れたことがわかっている場所の名前が、うんざりするほど単調に繰り返される。生まれ育った孤児院、教育を受けたホグワーツ、卒業後に勤めたボージン・アンド・バークスの店、何年も亡命していたアルバニア、こうした場所が推測の基本線となった。

「そうだ、アルバニアに行こうぜ。国中を探し回るのに、午後半日あれば十分さ」

ロンは皮肉を込めて言う。

「そこにはなんにもあるはずがないの。国外に逃れる前に、すでに五つも分霊箱を作っていたんですもの。それにダンブルドアは、六つ目はあの蛇にちがいないと考えていたのよ」

ハーマイオニーが諌(いさ)める。

「あの蛇が、アルバニアにいないことはわかってるわ。だいたいいつもヴォル——」

「それを言うのは、やめてくれって言っただろ?」

「わかったわ! 蛇はだいたいいつも『例のあの人』と一緒にいる——これで満足?」

「べつに」

「ボージン・アンド・バークスの店に、なにか隠しているとは思えない」

ハリーは、もう何度もこのことを指摘していたが、いやな沈黙を破るためだけに、もう一度言ってみる。

「ボージンもバークも、闇の魔術の品にかけては専門家だから、分霊箱があればすぐに気づくはずだ」

ロンは、わざとらしくあくびする。なにか投げつけてやりたい衝動を抑えて、ハリーは先を続けた。

「僕は、やっぱり、あいつはホグワーツになにか隠したんじゃないかと思う」

ハーマイオニーはため息をつく。

「でも、ハリー、ダンブルドアが見つけているはずじゃない！」

ハリーは、自分の説を裏づける議論を繰り返す。

「ダンブルドアが、僕の前で言ったんだ。ホグワーツの秘密を全部知っているなどと思ったことはないって。はっきり言うけど、もし、どこか一か所、ヴォル――」

「おっと！」

「『例のあの人』だよ！」

がまんも限界で、ハリーは大声を出す。

「もしどこか一か所、『例のあの人』にとって、本当に大切な場所があるとすれば、それはホグワーツだ！」

「おい、いいかげんにしろよ」ロンが雑ぜっ返す。「学校がか？」

「ああ、学校がだ！　あいつにとって、学校ははじめての本当の家庭だった。自分が特別だってことを意味する場所だったし、あいつにとってのすべてだった。学校を卒業してからだって――」

「僕たちが話してるのは、『例のあの人』のことだよな？　君のことじゃないだろう？」

ロンがたずねる。首にかけた分霊箱の鎖を引っ張っている。ハリーはその鎖をつかんでロンの首を絞め上げたい衝動に駆られた。

『例のあの人』が卒業後に、ダンブルドアに就職を頼みにきたって話してくれたわね」

ハーマイオニーが割って入る。

「そうだよ」ハリーが答える。

「それで、あの人がもどってきたいと思ったのは、ただなにかを見つけるためだったし、たぶん創設者ゆかりの品をもう一つ見つけて分霊箱にするためだったと、ダンブルドアはそう考えたのね？」

「そう」ハリーが言う。

「でも、就職はできなかった。そうね？」

ハーマイオニーが確認するように言う。

「だからあの人は、そこで創設者ゆかりの品を見つけたり、それを学校に隠したりする機会はなかった！」

「オッケー、それなら」ハリーは降参した。「ホグワーツはなしにしよう」

ほかにはなんの糸口もなく、ハリーたちはロンドンに行き、「透明マント」に隠れてヴォルデモートが育った孤児院を探した。ハーマイオニーは図書室に忍び込み、その記録から、問題の場所が何年も前に取り壊されてしまったことを知る。その場所を訪れると、高層のオフィスビルが建っている。

「土台を掘ってみる？」ハーマイオニーが捨て鉢に言う。

「あいつはここに分霊箱を隠したりしないよ」

ハリーには、とうにそれがわかっていた。孤児院は、ヴォルデモートが絶対に逃げ出してやろうと考えていた場所だ。そんなところに、自分の魂のかけらを置いておくはずがない。ダンブルドアは、ヴォルデモートが隠し場所に栄光と神秘を求めたことを、ハリーに示してくれた。こんな気の滅入るような薄暗いロンドンの片隅は、ホグワーツや魔法省、または金色の扉と大理石の床を持つ魔法界の銀行、グリンゴッツとは正反対だ。

ほかに新しいことも思いつかないまま、三人は安全のために毎晩場所を変えてテントを張りながら、地方を巡り続けた。毎朝、野宿の跡を残さないように消し去ってから、また別の人里離れた寂しい場所を求めて旅立つ。ある日はまた森へ、崖の薄暗い割れ目へ、ヒースの咲く荒地へ、ハリエニシダの茂る山の斜面へ、そしてある日は風を避けた入り江の小石だらけの場所へと「姿現わし」で移動した。約十二時間ごとに、分霊箱を次の人に渡す。まるで、音楽がやんだとき皿を持っていると褒美がもらえる「皿回し」ゲームを、ひねくれてスローモーションで遊んでいるみたいだ。ただ、褒美にもらえる物が十二時間の募る恐れと不安なので、ゲームの参加者は音楽が止まるのを恐れるところがちがうけれど。

ハリーの傷痕は、ひっきりなしに疼いていた。分霊箱を身につけているときが最も頻繁に痛むことに、ハリーは気づく。ときには痛みに耐えかねて、体が反応してしまうこともある。

「どうした？　なにを見たんだ？」

ハリーが顔をしかめるたびに、ロンが問いつめる。

「顔だ」

そのたびにハリーはつぶやく。

「いつも同じ顔だ。グレゴロビッチからなにかを盗んだやつの」

するとロンは顔を背け、失望を隠そうともしなかった。ロンが家族や不死鳥の騎士団のメンバーの安否を知りたがっていることは、ハリーにもわかっている。しかし、ハリーはテレビのアンテナではない。ある時点でヴォルデモートが考えていることを見ることはできても、好きなものにチャンネルを合わせることなどできはしない。どうやらヴォルデモートは、あのうれしそうな顔の若者のことを、四六時中考えているようだ。ヴォルデモートもハリー同様、あの男がだれなのか、どこにいるのかは知らないらしい。ヴォルデモートの傷痕は焼けるように痛み続け、陽気なブロンドの若者の顔が、焦らすように脳裏に浮かぶが、その盗っ人のことを口に出せば二人をいらだたせるばかりなので、ハリーは痛みや不快感を抑えて表に出さない術を身につけた。みな必死になって、分霊箱の糸口を見つけようとしているのだから、一概に二人だけを責めることができない。

何日間かが何週間にもなった。ハリーは、ロンとハーマイオニーが、自分のいないところで自分のことを話している気がしはじめた。ハリーがテントに入っていくと突然二人が黙り込む、ということが何回かあった。テントの外でも、偶然に二度ほど、二人が一緒にいるのに出くわしたことがある。ハリーから少し離れたところで、額をつき合わせて早口で話していたのに、ハリーが近づくのに気づいたとたん、話をやめて水とか薪を集めるのに忙しいというふりをする。

ロンとハーマイオニーは、ハリーと一緒に旅に出ると言った。しかし二人は、ハリーには秘密の計画があって、そのうちきっと二人にも話してくれるだろうと思ったからこそ、従いてきたのではないだろうか。この旅が、目的もなく漫然と歩き回るだけのものになってしまったと感じられるいま、ハリーはそう考えざるをえない。ロンは機嫌の悪さを隠そうともせず、ハーマイオニーもハリーのリーダーとしての能力に失望しているのではないかと、ハリーは次第に心配になってくる。なんとかしなければと、ハリーは分霊箱の在り処を考えてみるのだが、何度考えても、ただ一か所、ホグワーツが頭に浮かぶだけだ。しかしあとの二人が、そこはありえないと考えている以上、ハリーはとうてい言い出せない。

地方を巡るうちに、次第に秋の色が濃くなってくる。テントを張る場所にも、落葉がぎっしり敷き詰められていた。吸魂鬼の作り出す霧に自然の霧が加わり、風も雨も、三人の苦労を増すばかり。ハーマイオニーは食用茸を見分けるのがうまくなっていたが、それだけではあまり慰めにならないほど三人は孤立し、ほかの人間から切り離されていた。ヴォルデモートとの戦いがどうなっているかのも、まったくわからない。

「ママは――」

ある晩、ウェールズのとある川岸に野宿しているテントの中でロンが言う。

「なんにもないところから、おいしいものを作り出せるんだ」

ロンは、皿に載った黒焦げの灰色っぽい魚を、憂鬱そうに突ついている。ハリーは反射的にロンの首を見る。思ったとおり分霊箱の金鎖がそこに光っていた。ロンに向かって悪態をつきたい衝動を、ハリーはやっとのことで抑えつける。ロケットを外せば、ロンの態度が少しよくなるのを知っているからだ。

「あなたのママでも、なにもないところからは食べ物を作り出せないのよ」ハーマイオニーが反論する。「だれにもできないの。食べ物というのはね、『ガンプの元素変容の法則』の五つの主たる例外のその第一で――」

「あーあ、普通の言葉でしゃべってくれる？」

ロンが、歯の間から魚の骨を引っ張り出しながら言い返す。

「なにもないところからおいしい食べ物を作り出すのは、不可能です！　食べ物がどこにあるかを知っていれば『呼び寄せ』できるし、少しでも食べ物があれば、変身させることも量を増やすこともできるけど――」

「――ならさ、これなんか増やさなくていいよ。ひどい味だ」ロンが言い捨てる。

「ハリーが魚を釣って、私ができるだけのことをしたのよ！　結局いつも私が食べ物をやり繰りすることになるみたいね。たぶん私が女だからだわ！」

「ちがうさ。君の魔法が、一番うまいからだ！」ロンが切り返す。

ハーマイオニーは突然立ち上がる。焼いたカマスの身がブリキの皿から下に滑り落ちた。

「ロン、明日はあなたが料理するといいわ！　あなたが食料を見つけて、呪文でなにか食べられるものに変えるといいわ。それで、私はここに座って、顔をしかめて文句を言うのよ。そしたらあなたは、少しは――」

「黙って！」

ハリーが突然立ち上がって、両手を挙げながら二人を制した。

「しーっ！　黙って！」

ハーマイオニーが憤慨した顔で食ってかかる。

「ロンの味方をするなんて。この人、ほとんど一度だって料理なんか――」

「ハーマイオニー、静かにして。声が聞こえるんだ！」

両手でしゃべるなと二人を制しながら、ハリーは聞き耳を立てる。すると、傍らの暗い川の流れの音に交じって、また話し声が聞こえてきた。ハリーは「かくれん防止器」を見たが、動いていない。

「『耳塞ぎ』の呪文はかけてあるね？」

ハリーは小声でハーマイオニーに聞く。

「全部やったわ」

ハーマイオニーがささやき返す。

「『耳塞ぎ』だけじゃなくて、『マグル避け』、『目くらまし術』、全部よ。だれがきても私たちの声は聞こえないし、姿も見えないはずよ」

なにか大きなものががさごそ動き回る音や、物がこすれ合う音に交じって、石や小枝が押し退けられる音が聞こえ、相手は複数だとわかる。木の生い茂った急な坂を、ハリーたちのテントのある狭い川岸へと這い下りてくる。三人は杖を抜いて待機した。この真っ暗闇の中なら、周囲に巡らした呪文だけで、マグルや普通の魔法使いたちに気づかれないようにするには十分だ。もし相手が死喰い人だったら、保護呪文の護りが闇の魔術に耐えうるかどうかが、はじめて試されることになるだろう。

話し声は次第に大きくなってきたが、川岸に到着したあとも、話の内容は相変わらず聞き取れない。ハリーの勘では、相手は五、六メートルも離れていないようだ。しかし川の流れの音で、正確なところはわからない。ハーマイオニーはビーズのバッグをすばやくつかみ、中をかき回しはじめ、やがて「伸び耳」を三個取り出して、ハリーとロンにそれぞれ一個ずつ投げ渡す。二人は急いで薄だいだい色の紐の端を耳に差し込み、もう一方の端をテントの入口に這わせる。

数秒後、ハリーは疲れたような男の声をキャッチした。

「ここなら鮭の二、三匹もいるはずだ。それとも、まだその季節には早いかな？

「アクシオ！　鮭よ、こい！」

川の流れとははっきりちがう水音が数回して、捕まった魚がじたばたと肌をたたく音が聞こえる。だれかがうれしそうになにかをつぶやいた。ハリーは「伸び耳」をぎゅっと耳に押し込む。川の流れに交じってほかの声も聞こえてくるが、英語でもなく、いままで聞いたことのない言葉で、人間のものではない。耳障り（みみざわり）ながさがさした言葉で、喉（のど）に引っかかるような雑音のつながりだ。どうやら二人いる。一人はより低くゆっくりした話し方をする。

テントの外で火が揺らめく。炎とテントの間を、大きな影がいくつか横切る。鮭の焼けるうまそうな匂いが、焦（じ）らすようにテントに流れてくる。やがてナイフやフォークが皿に触れる音とともに、最初の男の声がまた聞こえた。

「さあ、グリップフック、ゴルヌック」

小鬼（ゴブリン）だわ！　ハーマイオニーが、口の形でハリーに言う。ハリーはうなずく。

「ありがとう」

小鬼たちが、同時に英語で礼を言う。

「じゃあ、君たち三人は、逃亡中なのか。長いのかい？」

別の男の声が聞く。感じのよい、心地よい声だ。ハリーにはどことなく聞き覚えがある。腹の突き出た、陽気な顔が思い浮ぶ。

「六週間か……いや七週間……忘れてしまった」

疲れた男の声が言う。

「すぐにグリップフックと出会って、それからまもなくゴルヌックと合流した。仲間がいるのはいいものだ」

声が途切れ、しばらくはナイフが皿をこする音や、ブリキのマグを地面から取り上げたり置いたりする音だけになる。

「君はなぜ家を出たのかね、テッド？」男の声が続いた。

「連中が私を捕まえにくるのはわかっていたのでね」心地よい声のテッドが答える。

ハリーはとっさに声の主を思い出した。トンクスの父親だ。

「先週、死喰い人たちが近所を嗅ぎ回っていると聞いて、逃げたほうがいいと思ったんだよ。マグル生まれの登録を、私は主義として拒否したのでね。あとは時間の問題だとわかっていた。最終的には家を離れざるをえなくなると覚悟していたんだ。妻は大丈夫なはずだ、純血だから。それで、このディーンに出会ったというわけだ。二、三日前だったかね？」

「ええ」別の声が答える。

ハリーもロンもハーマイオニーも顔を見合わせる。声は出さないが、興奮で我を忘れるほどだ。たしかにディーン・トーマスの声だ。グリフィンドールの仲間だ。

「マグル生まれか、え？」最初の男が聞く。

「わかりません」

ディーンが答える。

「父は僕が小さいときに母を捨てました。でも魔法使いだったかどうか、僕はなんの証拠も持っていません」

しばらく沈黙が続き、むしゃむしゃ食べる音だけが聞こえていたが、やがてテッドが口を開いた。

「ダーク、君に出会って実は驚いたよ。うれしかったが、やはり驚いた。捕まったと聞いていたのでね」

「そのとおりだ」ダークが言う。「アズカバンに護送される途中で、脱走した。ドーリッシュを『失神』させて、やつの箒を奪った。思ったより簡単だったよ。やつは、どうもまともじゃないように思う。『錯乱』させられているのかもしれない。だとすれば、そうしてくれた魔法使いだか魔女だかと握手したいよ。たぶんそのおかげで命拾いした」

またみな黙り込み、焚き火の爆ぜる音や川のせせらぎが聞こえる。やがてテッドの声が聞こえた。

「それで、君たち二人はどういう事情かね？　つまり、えー、小鬼たちはどちらかといえば、『例のあの人』寄りだという印象を持っていたのだがね」

「そういう印象はまちがいです」高い声の小鬼が答える。「我々はどちら寄りでもありません。これは、魔法使いの戦争です」

「それじゃ、君たちはなぜ隠れているのかね？」

「慎重を期するためです」低い声の小鬼が答える。「私にしてみれば無礼きわまりないと思われる要求を拒絶しましたので、身の危険を察知しました」

「連中はなにを要求したのかね？」テッドが聞く。

「わが種族の尊厳を傷つける任務です」

小鬼の答える声は、より荒くなり、人間味が薄れていた。

「私は、『屋敷しもべ妖精』ではない」

「グリップフック、君は？」

「同じような理由です」声の高い小鬼が答えた。「グリンゴッツは、もはや我々の種族だけの支配ではなくなりました。私は、魔法使いの主人など認知いたしません」

グリップフックは小声でなにかつけ加えたが、ゴブリン語を使った。ゴルヌックが笑い出す。

「なにがおかしいの？」ディーンが聞く。

「グリップフックが言うには」ダークが答える。「魔法使いが認知していないこともいろいろある」

少し間があいた。

「よくわからないなぁ」ディーンが問いかける。

「逃げる前に、ちょっとした仕返しをしました」グリップフックが英語で答えた。

「それでこそ男だ――あ、いや、それでこそ小鬼だ」テッドは急いで訂正する。「死喰い人を一人、特別に機密性の高い古い金庫に閉じ込めたりしたんじゃなかろうね？」

「そうだとしても、あの剣では金庫を破る役には立ちません」グリップフックが答えた。

ゴルヌックがまた笑い、ダークまでがくすくす笑っている。

「ディーンも私も、なにか聞き逃していることがありそうだね」テッドが言った。

「セブルス・スネイプにも逃したものがあります。もっとも、スネイプはそれさえも知らないのですが」グリップフックが言う。

そして二人の小鬼は、大声で意地悪く笑った。

テントの中で、ハリーは興奮に息をはずませていた。ハリーとハーマイオニーは、顔を見合わせ、これ以上はむりだというほど聞き耳を立てる。

「テッド、あのことを聞いていないのか？」ダークが問いかける。「ホグワーツのスネイプの部屋から、グリフィンドールの剣を盗み出そうとした子供たちがいたことだが――」

　ハリーの体を電流が走り、神経の一本一本をかき鳴らす。ハリーはその場に根が生えたように立ちすくんだ。

「一言も聞いていない」テッドが答える。「『予言者新聞』には載ってなかっただろうね？」

「ないだろうな」ダークがからからと笑う。「このグリップフックが話してくれたのだが、銀行に勤めているビル・ウィーズリーから、それを聞いたそうだ。剣を奪おうとした子供の一人はビルの妹だそうだ」

　ハリーがちらりと目をやると、ハーマイオニーもロンも、命綱にしがみつくようにしっかりと「伸び耳」をにぎりしめている。

「その子と他の二人とで、スネイプの部屋に忍び込み、剣が収められているガラスのケースを破ったらしい。スネイプは、盗み出したあとで階段を下りる途中の三人を捕まえた」

「ああ、なんと大胆な」テッドが言う。「なにを考えていたのだろう？　『例のあの人』に対して、その剣を使えると思ったのだろうか？　それとも、スネイプに対して使おうとでも？」

「まあ、剣をどう使おうと考えていたかは別として、スネイプは、剣をその場所に置いておくのは安全でないと考えた」ダークが続ける。「それから数日後、『例のあの人』から許可をもらったからだと思うが、スネイプは剣をグリンゴッツに預けるために、ロンドンに送った」

小鬼たちがまた笑い出す。

「なにがおもしろいのか、私にはまだわからない」テッドが言った。

「贋物(にせもの)だ」グリップフックが、がさがさ声で答える。

「グリフィンドールの剣が！」

「ええ、そうですとも。贋作(がんさく)です——よくできていますが、まちがいない——魔法使いの作品です。本物は、何世紀も前に小鬼が鍛えたもので、ゴブリン製の刀剣類のみの持つある種の特徴を備えています。本物のグリフィンドールの剣がどこにあるやら、とにかくグリンゴッツ銀行の金庫ではありませんな」

「なるほど」テッドがうなずく。「それで、君たちは、死喰い人にわざわざそれを教えるつもりはない、と言うわけだね？」

「それを教えてあの人たちをおわずらわせする理由は、まったくありませんな」

グリップフックがすましてそう言うと、今度はテッドとディーンも、ゴルヌックとダークと一緒になって笑った。

テントの中でハリーは目をつむり、だれかが自分の聞きたいことを聞いてくれますように祈っていた。まるで十分に思えるほどの長い一分が経って、ディーンが聞いてくれた。そう言えば（ハリーはそのことを思い出して、胸がざわついたが）、ディーンもジニーの元のボーイフレンドだ。

「ジニーやほかの二人はどうなったの？　盗み出そうとした生徒たちのことだけど？」

「ああ、罰せられましたよ。しかも厳しくね」グリップフックは、無関心に答える。

「でも、無事なんだろうね？」テッドが急いで聞く。「つまり、ウィーズリー家の子供たちが、これ以上傷つけられるのはごめんだよ。どうなんだね？」

「私の知るかぎりでは、ひどい傷害は受けなかったらしいですよ」グリップフックが言った。

「それは運がいい」テッドが言う。「スネイプの経歴を見れば、その子供たちがまだ生きているだけでもありがたいと思うべきだ」

「それじゃ、テッド、君はあの話を信じているのか？」ダークが聞く。「スネイプがダンブルドアを殺したと思うのか？」

「もちろんだ」テッドが答える。「君はまさか、ポッターがそれにかかわっていると思うなんて、そんな戯言（たわごと）を言うつもりはないだろうね？」

「近ごろは、なにを信じていいやらわからない」ダークがつぶやく。

「僕はハリー・ポッターを知っている」ディーンが言う。「そして、僕は彼こそ本物だと思う――『選ばれし者』なんだ。どういう呼び方をしてもいいけど」

「君、そりゃあ、ポッターがそうであることを信じたい者はたくさんいる」ダークが返す。「私もその一人だ。しかし、彼はどこにいる? どうやら逃げてしまったようじゃないか。ポッターが我々の知らないことをなにか知っていると言うなら、それともポッターにはなにか特別な才能があると言うなら、隠れていないで、いまこそ正々堂々と戦い、レジスタンスを集結しているはずだろう。それに、それ、『予言者新聞』がポッターに不利な証拠を挙げているし――」

「『予言者』?」

テッドが鼻先で笑う。

「ダーク、まだあんなくだらん物を読んでいるなら、だまされても文句は言えまい。本当のことが知りたいなら、『ザ・クィブラー』を読むことだ」

突然、喉を詰まらせてゲーゲー吐く大きな音が聞こえた。背中をドンドンたたく音も加わる。どうやらダークが魚の骨を引っかけたらしい。やっと吐き出したダークが言う。

「『ザ・クィブラー』? ゼノ・ラブグッドの、あの能天気な紙屑のことか?」

「近ごろはそう能天気でもない」テッドが反論する。「試しに読んでみるといい。ゼノは『予言者』が無視している事柄をすべて活字にしている。最新号では『しわしわ角スノーカック』に一言も触れていない。ただしこのままだと、いったいいつまで無事でいられるか、そのあたりは私にはわからない。しかしゼノは、毎号の巻頭ページで、『例のあの人』に反対する魔法使いは、ハリー・ポッターを助けることを第一の優先課題にするべきだと書いている」

「地球上から姿を消してしまった男の子を助けるのは、難しい」ダークが言う。

「いいかね、ポッターがまだ連中に捕まっていないということだけでも、たいしたものだ」テッドがダークに抗弁する。「私は喜んでハリーの助言を受け入れるね。我々がやっていることもハリーと同じだ。自由であり続けること。そうじゃないかね？」

「ああ、まあ、君の言うことも一理ある」ダークが重々しく言う。「魔法省や密告者がこぞってポッターを探しているからには、もういまごろは捕まっているだろうと思ったんだが。もっとも、もうとうに捕まえて、こっそり消してしまったと言えなくもないじゃないか？」

「ああ、ダーク、そんなことを言ってくれるな」テッドが声を落とした。

それからは、ナイフとフォークの音だけの長い沈黙が続く。次に話し出したときは、川岸でこのまま寝るかそれとも木の茂った斜面にもどるかの話し合いだった。木があるほうが身を隠しやすいと決めた一行は、焚き火を消し、ふたたび斜面を登っていく。話し声は次第に消えていった。

ハリー、ロン、ハーマイオニーは、「伸び耳」を巻き取る。盗み聞きを続ければ続けるほど、黙っているのが難しくなってきたハリーだが、いま口を突いて出てくる言葉は、「ジニー——剣——」だけだった。

「わかってるわ！」ハーマイオニーが言った。

ハーマイオニーは、またしてもビーズバッグをまさぐったが、今回は片腕をまるまる奥まで突っ込んでいる。

「さあ……ここに……あるわ……」

ハーマイオニーは歯を食いしばって、バッグの奥にあるらしいなにかを引っ張り出しながら言う。ゆっくりと、装飾的な額縁の端が現れた。ハリーは急いで手を貸す。ハーマイオニーのバッグから、二人がかりで、額縁だけのフィニアス・ナイジェラスの肖像画を取り出すと、ハーマイオニーは杖を向けて、いつでも呪文をかけられる態勢を取る。

「もしも、剣がまだダンブルドアの校長室にあったときに、だれかが贋物とすり替えていたのなら——」

ハーマイオニーは、額縁をテントの脇に立てかけながら、息をはずませる。

「その現場を、フィニアス・ナイジェラスが見ていたはずよ。彼の肖像画はガラスケースのすぐ横に掛かっているもの！」

「眠っていなけりゃね」

そうは言ったものの、ハリーは、ハーマイオニーが空の肖像画の前にひざまずいて杖を絵の中心に向けるのを、息を殺して見守った。ハーマイオニーは、咳ばらいをしてから呼びかける。

「えー――フィニアス？　フィニアス・ナイジェラス？」

何事も起こらない。

「フィニアス・ナイジェラス？」

ハーマイオニーが、ふたたび呼びかける。

「ブラック教授？　お願いですから、お話しできませんか？　どうぞお願いします」

「『お願いします』は常に役に立つ」

皮肉な冷たい声がして、フィニアス・ナイジェラスがするりと額の中に現れた。すかさずハーマイオニーがさけぶ。

「オブスクーロ！　目隠し！」

フィニアス・ナイジェラスの賢しい黒い目を、黒の目隠しが覆い、フィニアスは額縁にぶつかって、ぎゃっと痛そうな悲鳴を上げる。

「なんだ——よくも——いったいどういう——?」

「ブラック教授、すみません」ハーマイオニーが謝る。「でも、用心する必要があるんです!」

「この汚らしい描き足しを、すぐに取り去りたまえ! 取れといったら取れ! 偉大なる芸術を損傷しておるぞ! ここはどこだ? なにが起こっているのだ?」

「ここがどこかは、気にしなくていい」ハリーが言う。

フィニアス・ナイジェラスは、描き足された目隠しをはがそうとあがくのをやめ、その場に凍りつく。

「その声は、もしや逃げを打ったミスター・ポッターか?」

「そうかもしれない」

こう言えば、フィニアス・ナイジェラスの関心を引き止めておけると意識して、ハリーは答える。

「二つ質問があります——グリフィンドールの剣のことで」

「ああ」

フィニアス・ナイジェラスは、ハリーの姿をなんとか見ようと、今度は頭をいろいろな角度に動かしながら言う。

「そうだ。あのばかな女の子は、まったくもって愚かしい行動を取った——」

「妹のことをごちゃごちゃ言うな」

ロンは乱暴な言葉を投げる。フィニアス・ナイジェラスは、人を食ったような眉(まゆ)をぴくりと上げた。

「ほかにもだれかいるのか？」

フィニアスはあちこちと首を回す。

「君の口調は気に入らん！　あの女の子も仲間も、向こう見ずにもほどがある。校長の部屋で盗みを働くとは！」

「盗んだことにはならない」ハリーが言う。「あの剣(つるぎ)はスネイプのものじゃない」

「スネイプ教授の学校に属する物だ」

フィニアス・ナイジェラスが言い返す。

「ウィーズリー家の女の子に、いったいどんな権利があると言うのだ？　あの子は罰を受けるに値する。それに抜け作のロングボトムも、変人のラブグッドもだ！」

「ネビルは抜け作じゃないし、ルーナは変人じゃないわ！」ハーマイオニーが訂正する。

「ここはどこかね？」

フィニアス・ナイジェラスはまたしても目隠しと格闘しながら、同じことを聞く。

「私をどこに連れてきたのだ？　なぜ私を、先祖の屋敷から取り外した？」

「それはどうでもいい！　スネイプは、ジニーやネビルやルーナにどんな罰を与えたんだ？」ハリーは急き込んで聞いた。

「スネイプ教授は、三人を『禁じられた森』に送って、うすのろのハグリッドの仕事を手伝わせた」

「ハグリッドは、うすのろじゃないわ！」ハーマイオニーがかん高い声を出した。

「それに、スネイプはそれが罰だと思っただろうけど」ハリーが言う。「でも、ジニーもネビルもルーナも、ハグリッドと一緒に大笑いしただろう。『禁じられた森』なんて……それがどうした！　三人とももっと大変な目にあっている！」

ハリーはほっとした。最低でも、「磔（はりつけ）の呪文」のような恐ろしい罰を想像していたから。

「ブラック教授。私たちが本当に知りたいのは、だれか別の人が、えぇと、剣を取り出したことがあるかどうかです。たとえば磨くためとか――そんなことで？」

目隠しを取ろうとじたばたしていたフィニアス・ナイジェラスは、また一瞬動きを止め、にやりと笑う。

「マグル生まれめが――ゴブリン製の刀剣・甲冑（かっちゅう）は、磨く必要などない。単細胞め。ゴブリンの銀は世俗の汚れを寄せつけず、自らを強化するもののみを吸収するのだ」

「ハーマイオニーを単細胞なんて呼ぶな」ハリーが大きな声を出す。

「反駁されるのは、もううんざりですな」フィニアス・ナイジェラスが不満を口にする。「そろそろホグワーツの校長室にもどる潮時ですかな？」

目隠しされたまま、フィニアスは絵の縁を探りはじめ、手探りで絵から抜け出し、ホグワーツの肖像画にもどろうとしている。ハリーに突然、ある考えが閃く。

「ダンブルドアだ！　ダンブルドアを連れてこられる？」

「なんだって？」フィニアス・ナイジェラスが聞き返す。

「ダンブルドア先生の肖像画です――ダンブルドア先生をここに、あなたの肖像画の中に連れてこられませんか？」

フィニアス・ナイジェラスは、ハリーの声のほうに顔を向けた。

「どうやら無知なのは、マグル生まれだけではなさそうだな、ポッター。ホグワーツの肖像画は、お互いに往きできるが、城の外に移動することはできない。どこかほかに掛かっている自分自身の肖像画だけは別なのだ。ダンブルドアは、私と一緒にここにくることはできない。それに、君たちの手でこのような待遇を受けたからには、私がここを訪問することも二度とないと思うがよい！」

ハリーは少しがっかりして、絵から出ようとますます躍起になっているフィニアスを見つめた。

「お願いですから、どうぞ教えていただけませんか。剣が最後にケースから取り出されたのは、いつでしょう？　つまり、ジニーが取り出す前ですけど？」

ハーマイオニーが呼びかけた。

「ブラック教授」

フィニアスはいらだった様子で、鼻息も荒く言い放つ。

「グリフィンドールの剣が最後にケースから出るのを見たのは、たしか、ダンブルドア校長が指輪を開くために使用したときだ」

ハーマイオニーが、くるりとハリーを振り向く。フィニアス・ナイジェラスの前で、二人ともそれ以上、なにも言えはしなかった。フィニアスは、ようやく出口を見つけたようだ。

「では、さらばだ」

フィニアスはやや皮肉な捨て台詞を残して、まさに姿を消そうとしていた。まだ見えている帽子のつばの端に向かって、ハリーが突然さけぶ。

「待って！　スネイプにそのことを話したんですか？」

フィニアス・ナイジェラスは、目隠しされたままの顔を絵の中に突き出す。

「スネイプ校長は、アルバス・ダンブルドアの数々の奇行なんぞより、もっと大切な仕事で頭が一杯だ。ではさらば、ポッター！」

それを最後にフィニアスの姿は完全に消え、くすんだ背景だけが残された。

「ハリー！」ハーマイオニーがさけぶ。

「わかってる！」ハリーもさけんだ。

興奮を抑え切れず、ハリーは拳で天を突く。これほどの収穫があるとは思わなかった。テントの中を歩き回りながら、ハリーはいまならどこまででも走れるような気がした。空腹さえ感じない。ハーマイオニーは、フィニアス・ナイジェラスの肖像画をふたたびビーズバッグの中に押し込み、留め金をとめて脇に投げ出し、顔を輝かせてハリーを見上げる。

「剣が、分霊箱を破壊できるんだわ！　小鬼製の刃は、自らを強化するものだけを吸収する――ハリー、あの剣は、バジリスクの毒を含んでいるわ！」

「そして、ダンブルドアが僕に剣を渡してくれなかったのは、まだ必要だったからだ。ロケットに使うつもりで――」

「――そして、もし遺言に書いたら、連中があなたに剣を引き渡さないだろうって、ダンブルドアは知っていたにちがいないわ――」

「――だから贋物を作った――」

「――そして、ガラスケースに贋作を入れたのね――」

「――それから本物を――どこだろう？」

二人はじっと見つめ合った。ハリーは、見えない答えがそのへんにぶら下がっているような気がした。身近に、焦らすように。ダンブルドアはどうして教えてくれなかったのだろう？　それとも、実は、ハリーが気がつかなかっただけで、すでに話してくれていたのだろうか？

「考えて！」ハーマイオニーがささやく。「考えるのよ！　ダンブルドアが剣をどこに置いたのか」

「ホグワーツじゃない」ハリーは、また歩きはじめる。

「ホグズミードのどこかは？」ハーマイオニーがヒントを出す。

「『叫びの屋敷』は？」ハリーが言う。「あそこにはだれも行かないし」

「でも、スネイプが入り方を知っているわ。ちょっと危ないんじゃないかしら？」

「ダンブルドアは、スネイプを信用していた」ハリーが、ハーマイオニーに思い出させる。

「でも、剣のすり替えを教えるほどには、信用してはいなかった」ハーマイオニーが言った。

「うん、それはそうだ！」

そう言いながらハリーは、どんなにかすかな疑いであれ、ダンブルドアにはスネイプを信用し切っていないところがあったのだと思うと、ますます元気が出てくる。

「じゃあ、ダンブルドアは、ホグズミードから遠く離れた所に剣を隠したんだろうか？　ロン、どう思う？　ロン？」

ハリーはあたりを見回した。一瞬、ロンがテントから出ていってしまったのではないかと思い、ハリーは戸惑う。しかしロンは、二段ベッドの下段の薄暗がりに、石のように硬い表情で横たわっていた。

「おや、僕のことを思い出したってわけか？」ロンが言う。

「え？」

ロンは上段のベッドの底を見つめながら、ふんと鼻を鳴らした。

「お二人さんでよろしくやってくれ。せっかくのお楽しみを、邪魔したくないんでね」

呆気に取られて、ハリーはハーマイオニーに目で助けを求めたが、ハーマイオニーもハリーと同じくらい途方に暮れているらしく、首を振る。

「なにが気に入らないんだ？」ハリーが聞く。

「なにが気に入らないって？　べつになんにも」

ロンは依然、ハリーから顔を背けたままだ。

「もっとも、君に言わせれば、の話だけどね」

テントの天井にパラパラと水音がした。雨が降り出している。

「いや、君はまちがいなくなにかが気に入らない」ハリーが言う。「はっきり言えよ」

ロンは長い足をベッドから投げ出して、上体を起こした。ロンらしくない、ひねくれた顔だ。

「ああ、言ってやる。僕が小躍(こおど)りしてテントの中を歩き回るなんて、期待しないでくれ。なんだい、ろくでもない探し物が、また一つ増えただけじゃないか。君の知らないもののリストに加えときゃいいんだ」

「僕が知らない？」ハリーが繰り返す。「僕が知らないって？」

バラ、バラ、バラ。雨足が強くなった。テントのまわりでは、川岸に敷き詰められた落ち葉を雨が打つ音や、闇を流れる川の瀬音がしている。高ぶっていたハリーの心に冷水を浴びせるように、恐怖が広がる。ロンは、ハリーの想像していたとおりのことを、そして恐れていたとおりのことを考えていた。

「ここでの生活は最高に楽しいものじゃない、なんて言ってないぜ」ロンが言い募る。「腕はめちゃめちゃ、食い物はなし、毎晩尻を冷やして見張り、てな具合のお楽しみだしな。ただ僕は、数週間駆けずり回った末には、まあ、少しはなにか達成できてるんじゃないかって、そう思ってたんだ」

「ロン」

ハーマイオニーが蚊の鳴くような声で制したが、ロンは、いまやテントにたたきつけるような大きな雨の音にかこつけて、聞こえないふりをする。

「僕は、君がなにに志願したのかわかっている、と思っていた」ハリーが言った。

「ああ、僕もそう思ってた」

「それじゃ、どこが君の期待どおりじゃないって言うんだ？」

怒りのせいで、ハリーは反撃に出た。

「五つ星の高級ホテルに泊まれるとでも思ったのか？　一日おきに分霊箱が見つかるとでも？　クリスマスまでにはママのところにもどれると思っていたのか？」

「僕たちは、君がなにもかも納得ずくで事に当たっていると思ってた！」

ロンは立ち上がってどなった。その言葉は焼けたナイフのようにハリーを貫く。

「僕たちは、ダンブルドアが君のやるべきことを教えてると思っていた！　君には、ちゃんとした計画があると思ったよ！」

「ロン！」

今度のハーマイオニーの声は、テントの天井に激しく打ちつける雨の音よりもはっきりと聞こえたが、ロンはそれも無視する。

「そうか。失望させてすまなかったな」

心は虚ろで自信もなかったが、ハリーは落ち着いた声で説いた。

「僕は、はじめからはっきり言ったはずだ。ダンブルドアが話してくれたことは、全部君たちに話したたし、忘れてるなら言うけど、分霊箱を一つ探し出した――」

「ああ、しかも、それを破壊する可能性は、ほかの分霊箱を見つける可能性と同じぐらいさ――つまり、まぁったく可能性なし！」

「ロン、ロケットを外してちょうだい」

ハーマイオニーの声は、いつになく上ずっている。

「お願いだから、外して。一日中それを身につけていなかったら、そんな言い方はしないはずよ」

「いや、そんな言い方をしただろうな」

ハリーは、ロンのために言い訳などして欲しくなかった。

「僕のいないところで二人でひそひそ話をしていたことに、僕が気づかないと思っていたのか？　君たちがそんなふうに考えていることに、僕が気づかないとでも思ったのか？」

「ハリー、私たちそんなこと――」

「嘘つけ！」ロンがハーマイオニーをどなりつける。「君だってそう言ったじゃないか。失望したって。ハリーはもう少しわけがわかってると思ったたって――」

「そんな言い方はしなかったわ――ハリー、ちがうわ！」ハーマイオニーがさけぶ。

雨は激しくテントを打ち、涙がハーマイオニーの頬を流れ落ちる。ほんの数分前の興奮は、一瞬燃え上がっては消える儚い花火のように跡形もなく消え去り、残された暗闇が冷たく濡れそぼっている。グリフィンドールの剣は、どことも知れず隠されている。そして、テントの中の、まだ十代の三人がこれまでにやり遂げたことと言えば、まだ、死んでいないということだけだ。

「それじゃ、どうしてまだここにいるんだ？」ハリーがロンに言う。

「さっぱりわからないよ」ロンが返す。

「なら、家に帰れよ」ハリーが突き放す。

「ああ、そうするかもな！」

大声でそう言うなり、ロンが二、三歩ハリーに近寄る。ハリーは動かなかった。

「妹のことをあの人たちがどう話していたか、聞いたか？　ところが、君ときたら、鼻も引っかけない。たかが『禁じられた森』じゃないかだって？　『僕はもっと大変な目にあっている』。ハリー・ポッター様は、森で妹になにが起ころうと気になんかしないんだ。ああ、僕なら気にするね。巨大蜘蛛だとか、まともじゃないものだとか――」

「僕はただ――ジニーはほかの二人と一緒だったし、ハグリッドも一緒で――」

「――ああ、わかったよ。君は心配してない！　それにジニー以外の家族はどうなんだ？『ウィーズリー家の子供たちが、これ以上傷つけられるのはごめんだよ』って、聞いたか？」

「ああ、僕――」

「でも、それがどういう意味かなんて、気にしないんだろ？」

「ロン！」

ハーマイオニーは二人の間に割って入る。

「なにも新しい事件があったという意味じゃないと思うわ。私たちの知らないことが起こったわけじゃないのよ。ロン、よく考えて。ビルはとうに傷ついているし、ジョージが片耳を失ったことは、いまではいろいろな人に知れ渡っているわ。それにあなたは、黒斑病（こくはんびょう）で死にそうだということになっているし。あの人が言ってたのは、きっとそれだけのことなのよ――」

「へえ、たいした自信があるんだな？　いいさ、じゃあ、僕は家族のことなんか気にしないよ。君たち二人はいいよな。両親が安全なところにいてさ――」

「僕の両親は、死んでるんだ！」ハリーは大声を出す。

「僕の両親も、同じ道をたどっているかもしれないんだ！」ロンもさけぶ。

「なら、行けよ！」

ハリーがどなり返す。

「みんなのところに帰れ。そしたらママがお腹一杯食べさせてくれて、そして――」黒斑病が治ったふりをしろよ。

ロンが突然動く。ハリーも反応する。しかし二人の杖がポケットから出る前に、ハーマイオニーが杖を上げていた。

「プロテゴ！　護れ！」

見えない盾が広がり、片側にハリーとハーマイオニー、反対側にロン、と二分した。呪文の力で、双方が数歩ずつ後ずさりする。ハリーとロンは、透明な障壁の両側で、はじめて互いをはっきり見るかのように睨み合う。ロンに対する憎しみが、ハリーの心をじわじわと蝕む。二人の間でなにかが切れた。

「分霊箱を、置いていけよ」ハリーが言う。

ロンは鎖を首からぐいと外し、そばにあった椅子にロケットを投げ捨てる。

「君はどうする？」ロンがハーマイオニーに声をかける。

「どうするって？」

「残るのか、どうなんだ？」

「私……」

ハーマイオニーは苦しんでいる。

「ええ――私、ええ、残るわ。ロン、私たち、ハリーと一緒に行くと言ったわ。助けるんだって、そう言ったわ――」

「そうか。君はハリーを選んだんだ」

「ロン、ちがうわ――お願い――もどってちょうだい。もどって！」

ハーマイオニーは、自分のかけた「盾の呪文」に阻まれる。障壁を取り外したときには、ロンはもう、夜の闇に荒々しく飛び出していったあとだった。ハリーは黙ったまま、身動きもせず立ち尽くし、ハーマイオニーが泣きじゃくりながら木立ちの中からロンの名前を呼び続ける声を聞いていた。

しばらくして、ハーマイオニーがもどってきた。ぐっしょり濡れた髪が、顔に張りついている。

「い――行って――行ってしまったわ！『姿くらまし』して！」

ハーマイオニーは椅子に身を投げ出し、身を縮めて泣き出した。

ハリーはなにも考えられなかった。かがんで分霊箱を拾い上げ首にかけると、ロンのベッドから毛布を引っ張り出してハーマイオニーに着せかける。そして自分のベッドに登り、テントの暗い天井を見つめながら激しく打ちつける雨の音を聞いた。

第16章　ゴドリックの谷

次の朝目覚めたハリーは、刹那（せつな）、なにが起きたのか思い出せなかった。そしてすべてが夢ならいいのに、と子供じみた考えが頭を巡った。ロンはまだそこにいる、いなくなったわけではない、と思いたかった。しかし、枕の上で首をひねると、だれもいないロンのベッドが目に入る。空のベッドはまるで屍（しかばね）のように目を引きつける。ハリーはロンのベッドを見ないようにしながら、上段のベッドから飛び降りた。ハーマイオニーはもう台所で忙しく働いていたが、「おはよう」の挨拶もなく、ハリーがそばを通ると急いで顔を背ける。

ロンは行ってしまった。ハリーは自分に言い聞かせる。行ってしまったんだ。顔を洗い服を着る間も、反芻（はんすう）すればショックが和らぐかのように、ハリーはそのことばかりを考えていた。ロンは行ってしまった。もうもどってはこない。保護呪文がかかっているということは、この場所をいったん引きはらってしまえば、ロンは二度と二人を見つけることはできないということだ。その単純な事実を、ハリーは知っている。ハリーとハーマイオニーは、黙って朝食をとった。ハーマイオニーは泣き腫らした赤い目をしている。眠れなかったようだ。二人は荷造りに取りかかる。ハーマイオニーはなんとなくのろのろと動いている。ハーマイオニーがこの川岸にいる時間を引き延ばしたい理由は痛いほどわかる。荷造りの途中で何度か期待を込めて目を上げるハーマイオニー。この激しい雨の中で、ロンの足音を聞いたような気がしたのだろう。しかし、木立ちの間から赤毛の姿が現れる様子はない。ハリーもハーマイオニーに釣られてあたりを見回すが——ハリー自身も、かすかな希望を捨てられなかった——雨に濡れそぼつ木立ち以外にはなにも見えない。そしてそのたびに、ハリーの胸の中で、小さな怒りの塊が爆発するのだった。

「君が、なにもかも納得ずくで事に当たっていると思ってた！」そう言うロンの声が聞こえる。鳩尾がしぼられるような思いで、ハリーはふたたび荷造りを始めた。

そばを流れる濁った川は急速に水嵩を増し、いまにも川岸にあふれ出しそうだ。二人は、いつもなら野宿を引きはらっている時間より、優に一時間はぐずぐずしていた。ビーズバッグを三度も詰め替えなおしたあとで、ハーマイオニーはとうとうそれ以上長居をする理由が見つからなくなったようだ。二人はしっかり手をにぎり合って「姿くらまし」し、ヒースの茂る荒涼とした丘の斜面に現れた。

到着するなり、ハーマイオニーは手を解いてハリーから離れ、大きな岩に腰を下ろす。膝に顔を埋めて身を震わせているハーマイオニー。泣いているのは見なくともわかる。そばに行って慰めるべきだと思いながらも、なにかがハリーをその場に釘づけにしていた。体の中のなにもかもが、冷たく、張りつめている。ロンの軽蔑したような表情が、またしてもハリーの脳裏に浮かぶ。ハリーはヒースの中を大股で歩きながら、打ちひしがれているハーマイオニーを中心に大きな円を描き、いつもハーマイオニーが安全のためにかけている保護呪文を施した。

それから数日の間、二人はロンのことをまったく話題にしなかった。ハリーは、ロンの名前を二度と口にすまいと心に誓い、ハーマイオニーも、この問題を追及してもむだだとわかっているようだ。しかし、夜、ハリーが寝ているはずの時間に、ときどきハーマイオニーの泣いている声が聞こえた。一方ハリーは、「忍びの地図」を取り出して杖灯りで調べるようになった。ロンの名前が記された点が、ホグワーツの廊下にもどってくる瞬間を待っていたのだ。現れれば、純血という身分に守られて、ぬくぬくとした城に帰ったという証拠だ。しかし、ロンは地図に現れない。しばらくするとハリーは、女子寮のジニーの名前を見つめるためだけに地図を取り出している自分に気づく。これだけ強烈に見つめれば、もしかしたらジニーの夢に入り込むことができるのではないか、自分がジニーのことを想い、無事を祈っていることが、なんとかジニーに通じるのではないだろうか、と願った。

陽の出ている間は、グリフィンドールの剣のありそうな場所はどこかと、二人で必死に考えた。しかし、ダンブルドアが隠しそうな場所を話し合えば話し合うほど、二人の推理はますます絶望的になり、ありそうもない方向に流れていく。ハリーがどんなに脳みそをしぼっても、ダンブルドアがなにか隠す場所を口にしたという記憶は出てこない。ときどきハリーは、ダンブルドアとロンの、どちらにより腹を立てているのかわからなくなるときがある。「僕たちは、君がなにもかも納得ずくで事に当たっていると思ってた！……僕たちは、ダンブルドアが君のやるべきことを教えてると思っていた！……君には、ちゃんとした計画があると思ったよ！」

ロンの言ったことは正しい。ハリーは、その事実から目を背けることができなかった。ダンブルドアは事実上、ハリーになにも遺していかなかった。分霊箱の一つは探し出したが、破壊する方法がない。他の分霊箱が手に入らないという状況も、はじめからまったく変わっていない。ハリーは絶望に呑み込まれてしまいそうだった。こんな当てどない無意味な旅に同行するという友人の申し出を受け入れた自分は、身のほど知らずに思える。ハリーは、いまさらながらに動揺する。自分はなにも知らない。なんの考えも持っていないのだ。ハーマイオニーもまた、嫌気がさしてハリーから離れると言い出すのではないか。ハリーはそんな気配を見落とさないよう、いつも痛いほど緊張していた。

幾晩も、二人はほとんど無言で過ごす。ハーマイオニーは、ロンが去ったあとの大きな穴を埋めようとするかのように、フィニアス・ナイジェラスの肖像画を取り出して椅子に立てかける。二度とこないとの宣言にもかかわらず、フィニアスはハリーの目的を窺い知る機会の誘惑に負けたようで、数日おきに目隠しつきで現れることに同意した。ハリーは、フィニアスでさえ会えてうれしい。傲慢で人を嘲るタイプではあっても、話し相手にはちがいない。ホグワーツで起こっていることなら、どんなニュースでも二人にとっては歓迎だ。もっともフィニアス・ナイジェラスは、理想的な情報屋とは言えなかった。フィニアスは、自分が学校を牛耳って以来のスリザリン出身の校長を崇めているので、スネイプを批判したり、校長に関する生意気な質問をしたとたん、たちまち肖像画から姿を消してしまう。

とはいえ、ある程度の断片的なニュースは漏らしてくれた。スネイプは、強硬派の学生による小規模の反乱に、絶えず悩まされているようだ。ジニーはホグズミード行きを禁じられていた。また、スネイプは、アンブリッジ時代の古い教育令である学生集会禁止令を復活させ、三人以上の集会や非公式の生徒の組織を禁じている。

こうしたことから、ハリーは、ジニーがたぶんネビル、ルーナと一緒になって、ダンブルドア軍団を継続する努力をしているのだろうと推測した。こんなわずかなニュースでも、ハリーは、胃が痛くなるほどジニーに会いたくてたまらなくなる。しかし同時に、ロンやダンブルドアのことも考えてしまう上に、ホグワーツそのものを、ガールフレンドだったジニーと同じくらい恋しく思う。フィニアス・ナイジェラスがスネイプによる弾圧の話をしたときなど、学校にもどってスネイプ体制揺さぶり運動に加わろうと、我を忘れて本気でそう思ったほどだ。食べ物や柔らかなベッドがあり、自分以外のだれかが指揮を執っている状況は、いまのハリーにとって、この上なくすばらしいものに思われる。しかし、自分が「問題分子ナンバーワン」であることや、首に一万ガリオンの懸賞金が懸かっていることを考えると、ホグワーツにいまのこのこ帰るのは、魔法省に乗り込むのと同じくらい危険だと思いなおす。実際、フィニアス・ナイジェラスが何気なくハリーとハーマイオニーの居場所に関する誘導尋問を会話に挟むことが、計らずもその危険性を浮き彫りにしてくれる。そのたびに、ハーマイオニーは肖像画を乱暴にビーズバッグに押し込み、フィニアスのほうは、無礼な別れの挨拶への応酬にその後数日は現れないのが常となった。

季節は次第に寒さを増してくる。イギリス南部だけに留まれるなら、せいぜい霜くらいが最大の問題と言えたが、一か所にあまり長く滞在することはとうていできず、あちらこちらをじぐざぐに渡り歩くため、二人は大変な目にあう。あるときは霙が山腹に張ったテントを打ち、あるときは広大な湿原で冷たい水がテントを水浸しにした。また、スコットランドの湖の真ん中にある小島で、一夜にしてテントの半分が雪に埋もれたこともある。

民家の居間の窓に、きらめくクリスマスツリーをちらほら見かけるようになったある晩、ハリーは、まだ探っていない唯一の残された途だと思われる場所をもう一度提案することにした。「透明マント」に隠れてスーパーに行ったハーマイオニーのおかげで——出るときに、開いていたレジに几帳面にお金を置いてきたようだ——いつになく豊かな食事をしたあとでのこと。スパゲッティミートソースと缶詰の梨で満腹のハーマイオニーは、いつもより説得しやすそうに思われた。その上、用意周到にも、分霊箱を身につけるのを数時間休もうと提案しておいたので、分霊箱はハリーの脇の二段ベッドの横にぶら下がっている。

「ハーマイオニー？」

「ん？」

ハーマイオニーは、『吟遊詩人ビードルの物語』を手に、クッションのへこんだ肘掛椅子の一つに丸くなって座り込んでいた。ハリーは、その本からこれ以上なにか得るものがあるのかどうか疑問に思っている。もともとがたいして厚い本ではない。しかしハーマイオニーはまちがいなく、まだ謎解きをやめていない。椅子の肘に、「スペルマンのすっきり音節」が開いて置いてある。

ハリーは咳(せき)ばらいする。数年前に、まったく同じ気持ちになったことを思い出す。ダーズリー夫婦を説得できずに、ホグズミード行きの許可証にサインをもらえなかったにもかかわらず、マクゴナガル先生に許可を求めたときのことだ。

「ハーマイオニー、僕、ずっと考えていたんだけど——」

「ハリー、ちょっと手伝ってもらえる？」

どうやらハリーの言ったことを聞いていなかったらしいハーマイオニーが、身を乗り出して『吟遊詩人ビードルの物語』をハリーに差し出す。

「この印を見て」

ハーマイオニーは、開いたページの一番上を指さして言う。物語の題だと思われる文字の上に（ハリーはルーン文字が読めなかったので、題かどうか自信がない）、三角の目のような絵がある。瞳の真ん中に縦線が入っている。

「ハーマイオニー、僕、古代ルーン文字の授業を取ってないよ」

「それはわかってるわ。でも、これ、ルーン文字じゃないし、スペルマンの音節表にも載っていないの。私はずっと、目だと思っていたんだけど、ちがうみたい！これ、書き加えられているわ。ほら、だれかがそこに描いたのよ。元々の本にはなかったの。よく考えてね。どこかで見たことがない？」

「ううん……ない。あっ、待って」ハリーは目を近づけた。「ルーナのパパが、首から下げていたのと同じ印じゃないかな？」

「ええ、私もそう思ったの！」

「それじゃ、グリンデルバルドの印だ」

ハーマイオニーは、口をあんぐり開けてハリーを見つめる。

「なんですって？」

「クラムが教えてくれたんだけど……」

ハリーは、結婚式でビクトール・クラムが物語ったことを話して聞かせる。ハーマイオニーは目を丸くした。

「グリンデルバルドの印ですって？」

ハーマイオニーはハリーから奇妙な印へと目を移し、ふたたびハリーを見た。

「グリンデルバルドが印を持っていたなんて、私、初耳だわ。彼に関するものはいろいろ読んだけど、どこにもそんなことは書いてなかった」

「でも、いまも言ったけど、あの印はダームストラングの壁に刻まれているもので、グリンデルバルドが刻んだんだって、クラムが言ってた」

ハーマイオニーは眉根にしわを寄せて、また古い肘掛椅子に身を沈める。

「変だわ。この印が闇の魔術のものなら、子供の本と、どういう関係があるの？」

「うん、変だな」ハリーが答える。「それに、闇の印なら、スクリムジョールがそうと気づいたはずだ。大臣なんだから、闇のことなんかに詳しいはずだもの」

「そうね……私とおんなじに、これが目だと思ったのかもしれないわ。ほかの物語にも全部、題の上に小さな絵が描いてあるの」

ハーマイオニーは、黙って不思議な印をじっと眺め続けている。ハリーはもう一度挑戦を試みる。

「ハーマイオニー？」

「ん？」

「僕、ずっと考えていたんだけど、僕——僕、ゴドリックの谷に行ってみたい」

ハーマイオニーは顔を上げたが、目の焦点が合っていない。本の不思議な印のことを、まだ考えているにちがいない。

「ええ」ハーマイオニーが言う。「ええ、私もずっとそのことを考えていたの。私たち、そうしなくちゃならないと思うわ」

「僕の言ったこと、ちゃんと聞いてた？」ハリーが確認する。

「もちろんよ。あなたはゴドリックの谷に行きたい。賛成よ。行かなくちゃならないと思うわ。つまり、可能性があるなら、あそこ以外にありえないと思うの。危険だと思うわ。でも、考えれば考えるほど、あそこにありそうな気がするの」

「あのう——あそこになにがあるって？」ハリーがたずねる。

この質問にハーマイオニーは、ハリー同様の当惑した顔をする。

「なにって、ハリー、剣よ！　ダンブルドアは、あなたがあそこに帰りたくなるとわかっていたにちがいないわ。それに、ゴドリックの谷は、ゴドリック・グリフィンドールの生まれ故郷だし――」

「えっ？　グリフィンドールって、ゴドリックの谷出身だったの？」

「ハリー、あなた、『魔法史』の教科書を開いたことがあるの？」

「んー」ハリーは笑顔になる。ここ数か月ではじめて笑ったような気がする。顔の筋肉が奇妙に強張っている。

「開いたかもしれない。つまりさ、買ったときに……一回だけ……」

「あのね、あの村は、彼の名前を取って命名されたの。そういう結びつきだっていうことに、あなたが気づいたのかと思ったのに」ハーマイオニーが言う。最近のハーマイオニーではなく、昔のハーマイオニーにもどったような言い方だ。

「図書室に行かなくちゃ」と宣言するのではないかと、ハリーは半分身構えた。

「あの村のことが、『魔法史』に少し載っているわ……ちょっと待って……」

ハーマイオニーはビーズバッグを開いて、しばらくがさごそ探していたが、やがて古い教科書を引っ張り出す。バチルダ・バグショット著の『魔法史』だ。ページをめくっていたハーマイオニーは、お目当ての箇所を探し出した。

「一六八九年、国際機密保持法に署名した後、魔法族は永久に姿を隠した。彼らが集団の中に自らの小さな集団を形成したのは、おそらく自然なことであった。魔法使いの家族は、相互に支え護り合うために、多くは小さな村落や聚落(しゅうらく)に引き寄せられ、集団となって住んだ。コーンウォール州のティンワース、ヨークシャー州のアッパー・フラグリー、南部海岸沿いのオッタリー・セント・キャッチポールなどが、魔法使いの住む集落としてよく知られている。彼らは、寛容な、または『錯乱(さくらん)の呪文』にかけられたマグルたちとともに暮らしてきた。このような魔法使い混合居住地として最も名高いのは、おそらくゴドリックの谷であろう。英国西部地方にあるこの村は、偉大な魔法使い、ゴドリック・グリフィンドールが生まれたところであり、魔法界の金属細工師、ボーマン・ライトが最初の金のスニッチを鋳(い)た場所でもある。墓地は古(いにしえ)からの魔法使いの家族の墓碑銘(ぼひめい)で埋められており、村の小さな教会にゴーストの話が絶えないのも、これでまちがいなく説明がつく」

「あなたのことも、ご両親のことも書いてないわ」

本を閉じながら、ハーマイオニーが言った。

「バグショット教授は十九世紀の終わりまでしか書いていないからだわ。でも、わかった？　ゴドリックの谷、ゴドリック・グリフィンドール、グリフィンドールの剣。ダンブルドアは、あなたがこのつながりに気づくと期待したとは思わない？」

「ああ、うん……」

ハリーは、ゴドリックの谷に行こうと提案をした際には、剣のことなどまったく考えていなかった。しかし、それを打ち明けたくはない。ハリーにとっての村への誘いは、両親の墓であり、自分が辛くも死を免れた家や、バチルダ・バグショット自身によるものであった。

「ミュリエルの言ってたこと、覚えてる?」ハリーはやっと切り出した。

「だれの?」

「ほら」

ハリーは言いよどむ。ロンの名前を口にしたくはない。

「ジニーの大おばさん。結婚式で。君の足首ががりがりだって言った人だよ」

「ああ」ハーマイオニーが言う。

きわどかった。ハーマイオニーは、ロンの名前が見え隠れするのに気づいている。ハリーは先を急いだ。

「その人が、バチルダ・バグショットは、まだゴドリックの谷に住んでいるって言ったんだ」

「バチルダ・バグショットが――」

ハーマイオニーは、『魔法史』の表紙に型押しされている名前を人差し指でなぞっている。

「そうね、たぶん――」

ハーマイオニーが突然息を呑(の)んだ。あまりの大げさな驚きように、ハリーは腸(はらわた)が飛び出しそうになって、杖(つえ)を抜くなりテントの入口を振り返る。入口の布を押し開けている手が見えるのではないかと思ったのだが、そこにはなにもない。

「なんだよ?」

ハリーは半ば怒り、半ばほっとしながら文句を言う。

「いったいどうしたっていうんだ? 入口のジッパーを開けている死喰い人でも見えたのかと思ったよ。少なくとも――」

「ハリー、バチルダが剣を持っていたら? ダンブルドアが彼女に預けたとしたら?」

ハリーはその可能性をよく考えてみた。バチルダはもう相当の年のはずだ。ミュリエルによれば、「老いぼれ」ている。ダンブルドアがバチルダに託して、グリフィンドールの剣を隠したという可能性はあるだろうか? もしそうだとすれば、ダンブルドアはかなり偶然に賭けたとしか思えない。剣を贋物(にせもの)とすり替えたことを、ダンブルドアは一度も明かさなかったし、バチルダと親交があったことすら一言も言わなかったのだから。しかし、ハリーの一番の願いに、ハーマイオニーが驚くほど積極的に賛成しているいまは、ハーマイオニー説に疑義を差し挟むべきではない。

「うん、そうかもしれない！　それじゃ、ゴドリックの谷に行くね？」

「ええ、でも、ハリー、このことは十分に考えないといけないわ」

ハーマイオニーはいまや背筋を正している。ふたたび計画的に行動できる見通しが立ったことが、ハーマイオニーの気持ちをハリーと同じくらいに奮い立たせている。

「まずは、『透明マント』をかぶったままで、一緒に『姿くらまし』する練習をもっとしなくちゃね。それから『目くらまし術』をかけるほうが安全でしょうね。それとも、万全を期して、ポリジュース薬を使うべきだと思う？　それならだれかの髪の毛を取ってこなくちゃ。ハリー、やっぱりそうしたほうがいいと思うわ。変装は念入りにするに越したことはないし……」

ハリーはハーマイオニーのしゃべるにまかせた。間があくとうなずいたり同意したりしていたが、心は会話とは別なところに飛んでいる。こんなに心が躍るのは、グリンゴッツにある剣（つるぎ）が贋物（にせもの）だとわかって以来だ。

まもなく故郷に帰る。かつて家族がいた場所にもどるのだ。ヴォルデモートさえいなければ、ゴドリックの谷こそ、ハリーが育ち、学校の休暇を過ごす場所になるはずだった。友達を家に招いたかもしれない……弟や妹もいたかもしれない……十七歳の誕生日に、ケーキを作ってくれるのは母親だったかもしれない。そういう人生が奪われてしまった場所を訪れようとしているいまこのときほど、失われてしまった人生が真に迫って感じられることはない。その夜、ハーマイオニーがベッドに入ったあとで、ハリーはビーズバッグからそっと自分のリュックサックを引っ張り出し、ずいぶん前にハグリッドからもらったアルバムを取り出す。この数か月ではじめて、ハリーは両親の古い写真をじっくりと眺めた。ハリーにはもうこれしか遺(のこ)されていない両親の姿が、写真の中からハリーに笑いかけ、手を振っている。

ハリーは翌日にもゴドリックの谷に出発したいくらいだが、ハーマイオニーの考えはちがっていた。両親の死んだ場所にハリーがもどることを、ヴォルデモートは予想しているにちがいないと確信しているハーマイオニーは、二人とも最高の変装ができたという自信が持てるまでは出発はしないと、固く決めている。そんなわけで、まる一週間経ってから――クリスマスの買い物をしていたなにも知らないマグルの髪の毛をこっそりいただき、「透明マント」をかぶったままで一緒に「姿現わし」と「姿くらまし」が完璧にできるように練習してから――ハーマイオニーはやっと旅に出ることを承知した。

夜の闇にまぎれて村に「姿現わし」する計画だったので、二人は午後も遅い時間になるのを待って、ようやくポリジュース薬を飲んだ。ハリーは禿(は)げかかった中年男のマグルに、そしてハーマイオニーは小柄で目立たないその妻に変身した。所持品のすべてが入ったビーズバッグは（分霊箱だけはハリーが首からかけたが）、ハーマイオニーがコートの内ポケットにしまい込んで、きっちりコートのボタンをかける。ハリーが「透明マント」を二人にかぶせ、それから一緒に回転して、またもや息が詰まるような暗闇に入り込んだ。

心臓が喉元で激しく打つのを感じながら、ハリーは目を開ける。二人は、雪深い小道に手をつないで立っていた。夕暮れのダークブルーの空には、宵の星がちらほらと弱い光を放ちはじめている。狭い小道の両側に、クリスマス飾りを窓辺にキラキラさせた小さな家が立ち並んでいる。少し先に金色に輝く街灯が並び、そこが村の中心であることを示していた。

「こんなに雪が！」

透明マントの下で、ハーマイオニーが小声で言う。

「どうして雪のことを考えなかったのかしら？　あれだけ念入りに準備したのに、雪に足跡が残るわ！　消すしかないわね――前を歩いてちょうだい。私が消すわ――」

姿を隠したまま足跡を魔法で消して歩くなんて、そんなパントマイムの馬のような格好でハリーは村に入りたくない。

「マントを脱ごうよ」

ハリーがそう言うと、ハーマイオニーは怯えた顔をする。

「大丈夫だから。僕たちだとはわからない姿をしているし、それにまわりにはだれもいないよ」

ハリーが「マント」を上着の下にしまい、二人は「マント」にわずらわされずに歩く。何軒もの小さな家の前を通り過ぎる二人の顔を、氷のように冷たい空気が刺す。ジェームズとリリーがかつて暮らした家や、バチルダがいまも住む家は、こうした家の中のどれかかもしれない。ハリーは一軒一軒の入口の扉や、雪の積もった屋根、庇つきの玄関先をじっと眺め、見覚えのある家はないかと探す。しかし心の奥では、思い出すことなどありえないとわかっている。この村を永久に離れたとき、ハリーはまだ一歳になったばかりだ。その上、その家が見えるかどうかも定かではない。「忠誠の術」をかけた者が死んだ場合はどうなるのか、ハリーは知らない。二人の歩いている小道が左に曲がり、村の中心の小さな広場が目の前に現れた。

豆電球の灯りでぐるりと囲まれた広場の真ん中に、戦争記念碑のようなものが見える。くたびれた感じのクリスマスツリーが、その一部を覆っている。店が数軒、郵便局、パブが一軒、それに小さな教会がある。教会のステンドグラスが、広場の向こう側で宝石のようにまばゆく光っていた。

広場の雪は踏み固められ、人々が一日中歩いたところは固くつるつるしている。目の前を行き交う村人の姿が、街灯の明かりでときどき照らし出された。パブの扉が一度開いて、また閉まり、笑い声やポップスが一瞬だけ流れ出す。やがて小さな教会からクリスマス・キャロルが聞こえてきた。

「ハリー、今日はクリスマス・イブだわ！」ハーマイオニーが言う。

「そうだっけ？」

ハリーは日にちの感覚を失っている。二人とも、何週間も新聞を読んでいない。

「まちがいないわ」

ハーマイオニーが教会を見つめながら問いかける。

「お二人は……お二人ともあそこにいらっしゃるんでしょう？　あなたのお父様とお母様。あの後ろに、墓地が見えるわ」

ハリーはぞくりとした。興奮を通り越して、恐怖に近い。これほど近づいたいま、本当に見たいのかどうか、ハリーにはわからなくなっている。ハーマイオニーはおそらく、そんなハリーの気持ちを察したのだろう。ハリーの手を取って、はじめて先に立ち、ハリーを引っ張る。しかし、ハーマイオニーは、広場の中ほどで突然立ち止まった。

「ハリー、見て！」

ハーマイオニーの指先に、戦争記念碑がある。二人がそばを通り過ぎると同時に、記念碑が様変わりした。数多くの名前が刻まれたオベリスクではなく、三人の像が建っている。メガネをかけたくしゃくしゃな髪の男性、髪の長い優しく美しい顔の女性、その両腕に抱かれた男の子。それぞれの頭に、柔らかな白い帽子のように雪が積もっている。

ハリーは近寄って、両親の顔をじっと見る。像があるとは思ってもみなかった……石に刻まれた自分の姿を見るのは、なんとも不思議な気持ちだ。額に傷痕のない、幸福な赤ん坊……。

「さあ」

思う存分眺めた後、ハリーが促す。二人はふたたび教会に向かう。道を渡って、ハリーは振り返る。像は戦争記念碑にもどっていた。

教会に近づくにつれ、歌声は次第に大きくなる。甲冑に入り込んで、ホグワーツのことが痛いほどに思い出され、ハリーは胸が締めつけられる。大広間の十二本のクリスマスツリー、クリスマス・キャロルの卑猥な替え歌を大声でわめくピーブズ、大広間の十二本のクリスマスツリー、クラッカーから出てきた婦人用の帽子をかぶるダンブルドア、そして手編みのセーターを着たロン……。

墓地の入口には、一人ずつ入る狭い小開き門がある。ハーマイオニーがその門をできるだけそっと開け、二人はすり抜けるようにして中に入った。教会の扉まで続くつるつる滑りそうな小道の両側は、降り積もったままの雪の垣だ。二人は教会の建物を回り込むようにして明るい窓の下の影を選び、雪の中に深い溝を刻んで進む。

教会の裏は雪の毛布に覆われ、綿帽子をかぶった墓石が何列も突き出ている。青白く光る雪のところどころに、ステンドグラスの灯り(あか)が映り、点々と赤や金色や緑にまばゆく光っている。上着のポケットにある杖(つえ)をしっかりとにぎりしめたまま、ハリーは一番手前の墓に近づいた。

「これ見て、アボット家だ。ハンナの遠い先祖かもしれない！」

「声を低くしてちょうだい」ハーマイオニーが哀願する。

雪に黒い溝を穿(うが)ち、かがみ込んでは古い墓石に刻まれた文字を判読しながら、二人は徐々に墓地の奥へと入り込む。ときどき闇を透かして、だれにも追(つ)けられていないかを確かめることも忘れなかった。

「ハリー、ここ！」

ハーマイオニーは二列後ろの墓石のところにいた。ハリーは自分の鼓動をはっきり感じながら、雪をかき分けてもどる。

「僕の――？」

「ううん。でも見て！」

ハーマイオニーは黒い墓石を指していた。あちこち苔(こけ)むして凍りついた御影石(みかげいし)を、ハリーはかがんで覗き込んだ。「ケンドラ・ダンブルドア」と読める。生年と没年の少し下に、「そして娘のアリアナ」とある。引用文も刻まれている。

なんじの財宝のある所には、なんじの心もあるべし

リータ・スキーターもミュリエルも、事実の一部はとらえていた。ダンブルドアの家族はまぎれもなくここに住み、何人かはここで死んだ。

墓は、話に聞くよりも、目の当たりにするほうが辛い。ダンブルドアも自分もこの墓地に深い絆を持っていたのに、そのことをハリーに話してくれるべきだったのに、二人の絆を、ダンブルドアは一度たりとも分かち合おうとはしてくれなかった。ハリーはどうしてもそう考えてしまう。二人でここを訪れることもできたのだ。一瞬ハリーは、ダンブルドアと一緒にここにくる場面を想像する。どんなに強い絆を感じられたことか。ハリーにとって、それがどんなに大きな意味を持ったことか。しかしダンブルドアにとっては、両方の家族が同じ墓地に並んで眠っているという事実など、取るに足らない偶然であり、ダンブルドアがハリーにやらせようとした仕事とは、おそらく無関係だったのだろう。

ハーマイオニーは、ハリーを見つめている。顔が暗がりに隠れていてよかったと思

う。ハリーは、墓石に刻まれた言葉をもう一度読んだ。

〝なんじの財宝のある所には、なんじの心もあるべし〟

ハリーにはどういうことか、理解できない。母親亡きあと、家長となったダンブルドアの選んだ言葉にちがいない。

「先生は本当に一度もこのことを――？」ハーマイオニーが口を開く。

「話してない」ハリーはぶっきらぼうに答えた。「もっと探そう」

見なければよかったと思いながら、ハリーはその場を離れる。興奮と戦慄が入り交じった気持ちに、恨みを交えたくなかった。

「ここ！」しばらくして、ハーマイオニーがふたたび暗がりの中でさけぶ。

「あ、ごめんなさい！　ポッターと書いてあると思ったの」

ハーマイオニーは、苔むして崩れかけた墓石をこすっていたが、覗き込んで少し眉根を寄せている。

「ハリー、ちょっともどってきて」

ハリーはもう寄り道したくはなかったが、しぶしぶ雪の中を引き返した。

「なに？」

「これを見て！」

非常に古い墓だ。風雨にさらされて、ハリーには名前もはっきり読み取れない。ハーマイオニーは名前の下の印を指さす。

「ハリー、あの本の印よ！」

ハーマイオニーの示す先を、ハリーはよくよく見た。石がすり減っていて、なにが刻まれているのかよくわからない。しかし、ほとんど判読できない名前の下に、三角の印らしいものがある。

「うん……そうかもしれない……」

ハーマイオニーは、杖灯り(つえあか)を点(つ)けて、墓石の名前に向ける。

「イグ――イグノタス、だと思うけど……」

「僕は両親の墓を探し続ける。いいね？」

ハリーは少しとげとげしくそう言うと、古い墓の前にかがみ込んでいるハーマイオニーを置いて、歩きはじめた。

さっき見たアボットのように、ハリーはときどき、ホグワーツで出会った名前を見つける。数世代にわたる同じ家系の墓もいくつか見つけた。年号から考えて、もうその家系は死に絶えたか、または現在の世代がゴドリックの谷から引っ越してしまったと思われる。どんどん奥に入り込み、新しい墓石を見つけるたびに、不安と期待でハリーは胸を躍らせた。

突然、暗闇と静寂が一段と深くなったような気がした。ハリーは、吸魂鬼ではないかと不安に駆られてあたりを見回したが、そうではなかった。クリスマス・キャロルを歌い終わった参列者が、次々と街の広場に出ていき、話し声や騒音が徐々に消えていったのだ。教会の中のだれかが、明かりを消したところのようだ。

そのとき、ハーマイオニーの三度目の声が、二、三メートル離れた暗闇の中から、鋭く、はっきりと聞こえた。

「ハリー、ここだわ……ここよ」

声の調子から、今度こそ父親と母親の墓だと知る。重苦しいもので胸を塞がれるように感じながら、ハリーはハーマイオニーのほうへと歩いた。ダンブルドアが死んだ直後と同じ気持ちだ。本当に心臓と肺を押しつぶすような、重い悲しみ。

墓石は、ケンドラとアリアナの墓からほんの二列後ろにあった。ダンブルドアの墓と同じく白い大理石。暗闇に輝くような白さのおかげで、墓石に刻まれた文字が読みやすい。文字を読み取るのに、ひざまずく必要も間近まで行く必要もなかった。

ハリーは、たった一度しかその意味を理解するチャンスがないかのように、ゆっくりと墓碑銘を読み、最後の言葉は声に出して読んだ。

ジェームズ・ポッター　１９６０年３月27日生、１９８１年10月31日没
リリー・ポッター　１９６０年１月30日生、１９８１年10月31日没

最後(いやはて)の敵なる死もまた亡ぼされん

「『最後の敵なる死もまた亡ぼされん』……」

ハリーは恐ろしい考えが浮かび、恐怖に駆られる。

「これ、死喰い人の考えじゃないのか？　それがどうしてここに？」

「ハリー、死喰い人が死を打ち負かすというときの意味と、これとはちがうわ」

ハーマイオニーの声は優しかった。

「この意味は……そうね……死を超えて生きる。死後に生きること」

しかし、両親は生きていない。死んでしまった。空虚な言葉で事実をごまかすことはできない。両親の遺体は、なにも感じず、なにも知らずに、雪と石の下に横たわって朽ち果てている。知らず知らずに涙が流れ、熱い涙は頬を伝ってたちまち凍った。涙を拭(ぬぐ)ってどうなろう？　隠してどうなろう？　ハリーは涙の流れるにまかせ、唇を固く結んで、足下の深い雪を見つめる。この下に、ハリーの目には見えないところに、リリーとジェームズの最後の姿が横たわっている。もう骨になっているにちがいない。塵(ちり)に帰ったかもしれない。生き残った息子がこれほど近くに立っているというのに――二人の犠牲のおかげで心臓はまだ脈打ち、生きているというのに――この瞬間、その息子が、雪の下で二人と一緒に眠りたいとまで願っているというのに――なにも知らず、無関心に横たわっている。

ハーマイオニーは、またハリーの手を取ってぎゅっとにぎる。ハリーは顔を上げられなかったが、その手をにぎり返し、刺すように冷たい夜気を深く吸い込んで気持ちを落ち着かせ、立ちなおろうとする。なにか手向ける物を持ってくるべきだった。いままで考えつかなかった。墓地の草木はすべて葉を落とし、凍っている。しかしハーマイオニーは杖(つえ)を上げ、空中に円を描いて、目の前にクリスマス・ローズの花輪を咲かせてくれた。ハリーはそれを取り、両親の墓に供える。

立ち上がるとすぐ、ハリーはその場を去りたいと思った。もうこれ以上、ここにいるのは耐えられない。ハリーは片腕をハーマイオニーの肩に回し、ハーマイオニーはハリーの腰に片腕を回す。そして二人は黙って雪の中を歩き、ダンブルドアの母親と妹の墓の前を通り過ぎ、明かりの消えた教会へ、そしてまだ視界には入っていない出口の小開き門へと向かった。

第17章　バチルダの秘密

「ハリー、止まって」

「どうかした？」

二人は、まだアボット某の墓のところまでもどっただけだった。

「あそこにだれかいるわ。私たちを見ている。私にはわかるのよ。ほら、あそこ、植え込みのそば」

二人は身を寄せ合ってじっと立ち止まったまま、墓地と外とを仕切る黒々とした茂みを見つめた。ハリーにはなにも見えない。

「ほんとに？」

「なにかが動くのが見えたの。ほんとよ、見えたわ……」

ハーマイオニーはハリーから離れて、自分の杖腕を自由にする。

「僕たち、マグルの姿なんだよ」ハリーが指摘する。

「あなたのご両親の墓に、花を手向けていたマグルよ！ ハリー、まちがいないわ。だれかあそこにいる！」

ハリーは『魔法史』を思い出す。墓地にはゴーストが取り憑いているとか。もしかしたら――？ しかし、そのとき、サラサラと音がして、ハーマイオニーの指さす植え込みから落ちた雪が、小さな雪煙を上げるのが見えた。ゴーストは、雪を動かすことはできない。

「猫だよ」

一瞬間を置いて、ハリーが言う。

「小鳥かもしれない。死喰い人だったら、僕たち、もう死んでるさ。でも、ここを出よう。また『透明マント』をかぶればいい」

墓地から出る途中、二人は何度も後ろを振り返った。いかにも強気を装ってハーマイオニーには大丈夫だと請け合ったが、ハリーの内心はそれほど強気でもない。だから、小開き門からつるつる滑る歩道に出たときには、心底ほっとした。二人はふたたび「透明マント」をかぶった。パブは前よりも混み、中からは、さきほど教会に近づいたときに聞こえていたクリスマス・キャロルを歌う大勢の声が響いてくる。一瞬ハリーは、パブに避難しようと言おうかと思った。しかし、それより早く、ハーマイオニーが「こっちへ行きましょう」と小声で言いながら、ハリーを暗い小道に引っ張り込んだ。村に入ってきたときとは、反対方向の村はずれに向かう道だ。家並みが切れる先で、小道がふたたび田園へと広がっているのが見える。色とりどりの豆電球が輝きカーテンにクリスマスツリーの影が映る窓辺をいくつも通り過ごし、二人は不自然でない程度に急いで歩く。

「バチルダの家を、どうやって探せばいいのかしら？」

小刻みに震えながら、ハーマイオニーは何度も後ろを振り返っている。

「ハリー、どう思う？　ねえ、ハリー？」

ハーマイオニーはハリーの腕を引っ張ったが、ハリーは上の空で、家並みの一番端に建っている黒い塊（かたまり）をじっと見つめている。次の瞬間、ハリーは急に足を速めた。引っ張られたハーマイオニーは、その拍子に、氷に足を取られる。

「ハリー――」

「見て……ハーマイオニー、あれを見て……」

「あれって……あっ！」

あの家が、見えたのだ。「忠誠（ちゅうせい）の術」は、ジェームズとリリーの死とともに消えたにちがいない。ハグリッドが瓦礫（がれき）の中からハリーを連れ出して以来十六年間、その家の生け垣は伸び放題になっている。腰の高さまで伸びた雑草の中に、瓦礫が散らばっている。家の大部分はまだ残っていたが、黒ずんだ蔦（つた）と雪とに覆い尽くされていた。

一番上の階の右側だけが吹き飛ばされている。きっとそこが、呪いの撥ね返った場所なのだろう。ハリーとハーマイオニーは門の前にたたずみ、壊れた家を見つめた。かつては、同じ並びに建つ家と同じような家だったにちがいない。

「どうしてだれも建てなおさなかったのかしら？」ハーマイオニーがつぶやく。

「建てなおせないんじゃないかな？」ハリーが答える。「闇の魔術の傷と同じで、元どおりにはできないんじゃないか？」

ハリーは「透明マント」の下からそっと手を出して、雪まみれの錆ついた門をにぎりしめた。開けようと思ったのではない。ただ、家のどこかに触れたかったのだ。

「中には入らないでしょうね？　安全そうには見えないわ。もしかしたら――まあ、ハリー、見て！」

ハリーが門に触れたことが引き金になったのだろう。目の前のイラクサや雑草の中から、桁はずれに成長の早い花のように、木の掲示板がぐんぐん迫り上がってきた。金色の文字が書いてある。

１９８１年10月31日、

この場所で、リリーとジェームズ・ポッターが命を落とした。

息子のハリーは「死の呪い」を受けて生き残った唯一の魔法使いである。

マグルの目には見えないこの家は、ポッター家の記念碑として、さらに家族を引き裂いた暴力を忘れないために、廃墟のまま保存されている。

整然と書かれた文字のまわりには、「生き残った男の子」の逃れた場所を見ようとやってきた魔女、魔法使いたちが書き加えた落書きが残っている。「万年インク」で自分の名前を書いただけの落書きもあれば、板にイニシャルを刻んだもの、言葉を書き残したものもある。十六年分の魔法落書きの上に一段と輝いている真新しい落書きは、みな同じような内容だった。

「ハリー、いまどこにいるかは知らないけれど、幸運を祈る」「ハリー、これを読んだら、私たち、みんな応援しているからね！」「ハリー・ポッターよ、永遠なれ」

「掲示の上に書いちゃいけないのに！」ハーマイオニーが憤慨する。

しかしハリーは、ハーマイオニーににっこり笑いかけた。

「すごい。書いてくれて、僕、うれしいよ。僕……」

ハリーは急に黙る。遠くの広場のまぶしい明かりを背に、防寒着を分厚く着込んだ影絵のような姿が、こちらに向かってよろめくように歩いてくる。見分けるのは難しかったが、ハリーは女性だろうと思う。雪道で滑るのを恐れてのことだろう、ゆっくりと歩いてくる。でっぷりした体で、腰を曲げて小刻みに歩く姿から考えても、相当の年だという印象を受ける。二人は、近づいてくる影を黙って見つめた。ハリーは、その姿が途中のどこかの家に入るかもしれないと見守りつつも、直感的にそうではないと確信していた。その姿は、ハリーたちから二、三メートルのところでようやく止まり、二人を向いて凍りついた道の真ん中にじっと佇む。

この女性がマグルである可能性は、ほとんどない。ハーマイオニーに腕をつねられるまでもない。魔女でなければ見えるはずのないこの家を、じっと見つめて立っているのだから。しかし、本当に魔女だとしても、こんな寒い夜に、古い廃墟を見るためだけに出かけてくるとは奇妙な行動だ。しかも、通常の魔法の法則からすれば、ハーマイオニーとハリーの姿はまったく見えないはず。にもかかわらず、この魔女には二人がここにいることがわかっている。そればかりか、二人がだれなのかもわかっているという不気味さを感じる。ハリーがこういう不安な結論に達したそのとき、魔女は手袋をはめた手を上げて、手招きした。

透明マントの下で、ハーマイオニーは、腕と腕がぴったりくっつくほどハリーに近づく。

「あの魔女、どうしてわかるのかしら？」

ハリーは首を横に振る。魔女はもう一度、今度はもっと強く手招きする。呼ばれても従わない理由はいくらでも思いつくが、人気のない通りで向かい合って立っている間にハリーの頭の中では、この魔女があの人ではないかという思いが、次第に強くなっていた。

この魔女が、何か月もの間、二人を待っていたということはありうるだろうか？ダンブルドアが、ハリーは必ずくるから待つようにと言ったのだろうか？墓地の暗がりで動いたのはこの魔女で、ここまで追っけてきたという可能性はないだろうか？この魔女が二人の存在を感じることができるという能力も、ハリーがこれまで遭遇したことのない、ダンブルドア的な力を匂わせる。

ハリーはついに口を開いた。ハーマイオニーは息を呑んで飛び上がる。

「あなたはバチルダですか？」

着ぶくれしたその姿は、うなずいてふたたび手招きした。

マントの下で、ハリーとハーマイオニーは顔を見合わせる。ハリーがちょっと眉を上げると、ハーマイオニーは小さくおどおどとうなずく。

二人が魔女のほうに歩き出すと、魔女はすぐさま背を向けて、いましがた歩いてきた道をよぼよぼと引き返す。二人の先に立って、魔女は何軒かの家の前を通り過ぎ、とある門の中に入っていく。二人はあとに従いて玄関まできた。その庭はさっきの庭と同じくらい草ぼうぼうだ。魔女は玄関でしばらく鍵をガチャガチャさせていたが、やがて扉を開け、身を引いて二人を先に通した。

魔女からはひどい臭いがする。それともその家の臭いなのかもしれない。二人で魔女の横をすり抜け、「透明マント」を脱ぎながら、ハリーは鼻にしわを寄せる。横に立ってみると、その魔女がどんなに小さいかがよくわかる。年のせいで腰が曲がり、やっとハリーの胸に届くぐらいの高さだ。魔女は玄関扉を閉めた。はげかかったペンキを背景に、魔女の染みの浮き出た青い指の関節が見える。魔女は、振り向いてハリーの顔を覗き込んだ。その目は白内障（はくないしょう）で濁り、薄っぺらな皮膚のしわの中に沈み込んでいる。顔全体に切れ切れの静脈や茶色の斑点が浮き出ている。ハリーは、自分の顔がまったく見えていないのではないかと思う。見えたとしても、目に映るのは、ハリーが姿を借りている禿（は）げかけのマグルのはずだ。

　魔女が虫食いだらけの黒いショールを外し、頭皮がはっきり見えるほど薄くなった白髪頭を現すと、老臭に埃（ほこり）の悪臭、汚れっぱなしの衣服と饐（す）えた食べ物の臭いがいちだんと強くなる。

「バチルダ？」ハリーが、繰り返して聞く。

　魔女はもう一度うなずく。ハリーは胸元の皮膚に当たるロケットを意識した。その中の、ときどき脈を打つなにかが、目覚めている。冷たい金のケースを通して、ハリーはその鼓動を感じる。わかっているのだろうか？　感じているのだろうか？　自分を破壊するものが近づいているということを？

バチルダはぎごちない足取りで二人の前を通り過ぎながら、ハーマイオニーなど目に入らないかのように押し退ける。そして、居間と思しき部屋に姿を消した。

「ハリー、なんだかおかしいわ」ハーマイオニーが息を殺して言う。

「あんなに小さいじゃないか。いざとなれば、ねじ伏せられるよ」ハリーが返す。「あのね、君に言っておくべきだったけど、バチルダがまともじゃないって、僕は知っていたんだ。ミュリエルは『老いぼれ』って呼んでいた」

「おいで！」居間からバチルダが呼ぶ。

ハーマイオニーは飛び上がり、ハリーの腕にすがる。

「大丈夫だよ」ハリーは元気づけるようにそう言うと、先に居間に入った。

バチルダはよろよろと歩き回って、蠟燭に灯を点している。それでも部屋は暗く、言うまでもなくひどく汚い。分厚く積もった埃が足下でギシギシ音を立て、じめじめした白かびの臭いの奥に、ハリーの鼻はもっとひどい悪臭、たとえて言えば肉の腐ったような臭いを嗅ぎ分けていた。バチルダがまだなんとか暮らしているかどうかを確かめるために、最後にだれかがこの家に入ったのはいつのことだろうと、ハリーは訝る。バチルダは魔法を使えるということさえ忘れ果ててしまったようだ。手で不器用に蠟燭を灯している上に、垂れ下がった袖口のレースにいまにも火が移りそうで、とても危険だ。

「僕がやります」

ハリーはそう申し出て、バチルダからマッチを引き取る。部屋のあちこちに置かれた燃えさしの蠟燭に火を点けて回るハリーを、バチルダは突っ立ったまま見ている。蠟燭の置かれた皿は、積み上げた本の上の危なっかしい場所や、ひび割れてかびの生えたカップが所狭しと置かれたサイドテーブルの上に載っている。

最後の燭台は、前面が丸みを帯びた整理ダンスの上で、そこには写真がたくさん置かれていた。蠟燭が灯され炎が踊り出すと、写真立ての埃っぽいガラスや銀の枠に火影が揺らめいた。写真の中の小さな動きがいくつかハリーの目に入る。バチルダが暖炉に薪をくべようとよたよたしている間に、ハリーは小声で「テルジオ、拭え」と唱える。写真の埃が消えるとすぐに、ハリーは、とりわけ大きく華やかな写真立てのいくつかから写真が五、六枚なくなっていることに気づいた。バチルダが取り出したのか、それともほかのだれかなのかと、ハリーは考える。そのとき、写真のコレクションの中の、一番後ろの一枚がハリーの目を引いた。ハリーはその写真をさっと手に取った。

ブロンドの髪の、陽気な顔の盗っ人だ。グレゴロビッチの出窓に鳥のように止まっていた若い男が、銀の写真立ての中から、退屈そうにハリーに笑いかけている。とたんにハリーは、以前にどこでこの若者を見たのかを思い出す。『アルバス・ダンブルドアの真っ白な人生と真っ赤な嘘』で、十代のダンブルドアと腕を組んでいた男だ。

あのリータの本に、ここからなくなった写真が載っているにちがいない。

「ミセス——ミス——バグショット？」

ハリーの声がかすかに震える。

「この人はだれですか？」

バチルダは部屋の真ん中に立って、ハーマイオニーが代わりに暖炉に火を点けるのを見ている。

「ミス・バグショット？」

ハリーは繰り返して呼びかけ、写真を手に近づいていった。暖炉の火がパッと燃え上がると、バチルダはハリーの声のほうを見上げる。分霊箱の鼓動がますます速まるのが、ハリーの胸に伝わってくる。

「この人はだれですか？」ハリーは写真を突き出してたずねる。

バチルダはまじめくさって写真をじっと眺め、それからハリーを見上げる。

「この人がだれか、知っていますか？」

ハリーはいつもよりずっとゆっくりと、ずっと大きな声で、同じことを繰り返した。

「この男ですよ。この人を知っていますか？　なんという名前ですか？」

バチルダは、ただぼんやりとした表情のままでいる。ハリーはひどく焦った。リータ・スキーターは、どうやってバチルダの記憶をこじ開けたのだろう？

「この男はだれですか？」ハリーは大声で繰り返す。

「ハリー、あなた、なにをしているの？」ハーマイオニーが聞く。

「この写真だよ、ハーマイオニー、あの盗っ人だ。グレゴロビッチから盗んだやつなんだ！　お願いです！」

最後の言葉はバチルダに対してのものだ。

「これはだれなんですか？」

しかしバチルダは、ハリーを見つめるばかり。

「どうして私たちに、一緒にくるようにと言ったのですか？　ミセス——ミス——バグショット？」

ハーマイオニーの声も大きくなる。

「なにか、私たちに話したいことがあったのですか？」

バチルダは、ハーマイオニーの声が聞こえた様子もなく、ハリーに二、三歩近寄る。そして頭をくいっとひねり、玄関ホールを振り返る。

「帰れということですか？」ハリーが聞いた。

バチルダは同じ動きを繰り返したが、今度は最初にハリーを指し、次に自分を指して、それから天井を指す。

「ああ、そうか……ハーマイオニー、この人は僕に、一緒に二階にこいと言ってるらしい」

「いいわ」ハーマイオニーが言う。「行きましょう」

しかしハーマイオニーが動くと、バチルダは驚くほど強く首を横に振り、もう一度最初にハリーを指し、次に自分自身を指す。

「この人は、僕一人できて欲しいんだ」

「どうして?」

ハーマイオニーの声が、蠟燭に照らされた部屋にはっきりと鋭く響く。大きな音が聞こえたのか、老魔女はかすかに首を振る。

「ダンブルドアが、剣を僕に、僕だけに渡すようにって、そう言ったんじゃないかな?」

「この人は、あなたがだれなのか、本当にわかっていると思う?」

「ああ」ハリーは、自分の目を見つめている白濁した目を見下ろしながら言った。

「わかっていると思うよ」

「まあ、それならいいけど。でもハリー、早くしてね」

「案内してください」ハリーがバチルダを促す。

バチルダは理解したらしく、ぎごちない足取りでハリーのそばを通り過ぎ、ドアに向かう。ハリーはハーマイオニーを振り返り、大丈夫だからとほほえんだが、蠟燭に照らされた不潔な部屋の真ん中で寒そうに両腕を体に巻きつけて本棚を見ているハーマイオニーに、見えたかどうかは定かではない。部屋から出る際、ハリーは、ハーマイオニーにもバチルダにも気づかれないように、正体不明の盗っ人の写真が入った銀の写真立てを上着の内側に滑り込ませる。

階段は狭く、急で、バチルダがいまにも落ちてきそうだ。ハリーは、自分の上に仰向けに落ちてこないように、太った尻を両手で支えてやろうかと半ば本気で思った。バチルダは少し喘ぎながら、ゆっくりと二階の踊り場まで上り、そこから急に右に折れて、天井の低い寝室へとハリーを導く。

真っ暗で、さらにひどい悪臭がする。バチルダがドアを閉める前に、ベッドの下から突き出ているおまるがちらっと見えたが、それさえもすぐに闇に飲まれてしまった。

「ルーモス、光よ」ハリーの杖に灯りが点る。とたんにハリーはどきりとした。真っ暗になってほんの数秒だというのに、バチルダが目の前にきている。しかもハリーには、近づく気配さえ感じ取れなかった。

「ポッターか？」バチルダがささやく。

「そうです」

バチルダは、ゆっくりと重々しくうなずいた。ハリーは、分霊箱(ぶんれいばこ)が自分の心臓より速く拍動するのを感じる。心をかき乱す、気持ちの悪い感覚だ。

「僕に、なにか渡すものがあるのですか？」

ハリーが聞くが、バチルダはハリーの杖灯りが気になるようだ。

「僕に、なにか渡すものがあるのですか？」ハリーはもう一度聞いた。

するとバチルダは目を閉じた。その瞬間にいくつものことが同時に起こった。ハリーの傷痕(きずあと)がちくちく痛み、分霊箱が、ハリーのセーターの前からはっきり飛び出るほどぴくりと動いて、悪臭のする暗い部屋が一瞬消え去る。ハリーは喜びに心が躍り、冷たいかん高い声を上げた。

「こいつを捕まえろ！」

ハリーはその場に立ったまま、体をふらつかせていた。部屋の悪臭と暗さが、ふたたびハリーの周囲にもどってくる。たったいまなにが起こったのか、ハリーにはわけがわからない。

「僕に、なにか渡すものがあるのですか？」

ハリーは、前よりも大きい声で、三度目の質問をする。

「あそこ」

バチルダは、部屋の隅を指さしてささやく。ハリーが杖を構えて見ると、カーテンの掛かった窓の下に、雑然とした化粧台が見える。

バチルダは、今回は先に立って歩こうとはしない。ハリーは杖を構えながら、バチルダと乱れたままのベッドの間のわずかな空間を、横になって歩く。バチルダから目を離したくなかった。

「なんですか？」

化粧台にたどり着くと、ハリーが聞いた。そこには、形からしても臭いからしても、汚い洗濯物の山のようなものが積み上げられている。

「そこだ」

バチルダは、形のわからない塊を指さす。

ごたごたした塊の中に剣の柄やルビーが見えはしないかと、探るためにハリーが一瞬目を移したとたん、バチルダが不気味な動きに出た。目の端でその動きを捕えたハリーは、得体の知れない恐怖に振り返り、思わずぞっとして体が強張る。老魔女の体が倒れ、首のあった場所から大蛇がぬっと現れた。

ハリーが杖を上げるのと、大蛇が襲いかかってくるのが同時だった。前腕を狙った強烈な一噛みで、杖は回転しながら天井まで吹き飛び、杖灯りが部屋中をぐるぐる回って消えた。蛇の尾がハリーの腹を強打する。ハリーは「うっ」となって息が止まる。そのまま化粧台に背中を打ちつけ、汚れ物の山に仰向けに倒れた——。

化粧台が尾の一撃を受ける。ハリーは横に転がって辛くも身をかわすが、いまのいま倒れていた場所が打たれ、粉々になった化粧台のガラスが床に転がるハリーに降りかかる。階下からハーマイオニーの呼ぶ声が聞こえた。

「ハリー？」

ハリーは息がつけず、呼びかけに応える息さえない。すると、重いぬめぬめした塊がハリーを床にたたきつけた。そのままその塊が自分の上を滑っていく。強力で筋肉質の塊が——。

「どけ！」床に釘づけにされ、ハリーは喘ぐ。

「そぉぉうだ」ささやくような声が聞こえる。「そぉぉうだ……こいつを捕まえろ……こいつを捕らえろ……」

「アクシオ……杖よ、こい……」

だめだった。しかも両手を突っ張り、胴体に巻きつく蛇を押し退けなければならない。大蛇はハリーを締めつけて、息の根を止めようとしている。胸に押しつけられた分霊箱は、必死に脈打つハリー自身の心臓のすぐそばで、ドクドクと命を脈動させる丸い氷のようになっている。頭の中は、冷たい白い光で一杯になり、すべての思いが消えていく。息が苦しい。遠くで足音がする。なにもかもが遠のく……。

金属の心臓がハリーの胸の外でバンバン音を立てている。ハリーは飛んでいる。勝ち誇って飛んでいる。箒もセストラルもなしで……。

饐えた臭いのする暗闇で、ハリーは突然我に返る。ナギニはハリーを放していた。ようやく立ち上がったハリーが目にしたものは、踊り場からの明かりを背にした大蛇の輪郭だ。大蛇が襲いかかり、ハーマイオニーが悲鳴を上げて横に飛び退くのが見えた。ハーマイオニーの放った呪文が逸れて、カーテンの掛かった窓を打ち、ガラスが割れて凍った空気が部屋に流れ込む。降りかかるガラスの破片をまた浴びないよう、ハリーが身をかわしたとたん、鉛筆のようなものに足を取られて滑った――ハリーの杖だ――。

ハリーはかがんで杖を拾い上げる。しかし部屋の中には、尾をくねらせる大蛇しか見えない。ハーマイオニーの姿はどこにもない。ハリーは刹那に、最悪の事態を考えた。しかし、そのときバーンという音とともに赤い光線が閃き、大蛇が宙を飛ぶ。太い胴体を幾重にも巻きながら天井まで吹き飛んでいく大蛇が、ハリーの顔をいやというほどこする。ハリーは杖を上げたが、そのとき傷痕が、ここ何年もなかったほど激しく、焼けるように痛んだ。

「あいつがくる！　ハーマイオニー、あいつがくるんだ！」

ハリーがさけぶのと同時に大蛇が落下してきて、シューシューと荒々しい息を吐く。なにもかもめちゃめちゃだ。大蛇は壁の棚を打ち壊し、陶器のかけらが四方八方に飛び散る。ハリーはベッドを飛び越え、ハーマイオニーだとわかる黒い影をつかむ――。ベッドの反対側にハーマイオニーを引っ張っていこうとしたが、ハーマイオニーは痛みでさけび声を上げる。大蛇がふたたび鎌首を持ち上げた。しかし、大蛇よりもっと恐ろしいものがやってくることを、ハリーは知っている。もう門まできているかもしれない。傷痕の痛みで、頭が真っ二つに割れそうだ――。

ハーマイオニーを引きずり、部屋から逃げ出そうと走り出したハリーに、大蛇が襲いかかる。そのとき、ハーマイオニーがさけんだ。

「コンフリンゴ！　爆発せよ！」

呪文は部屋中を飛び回り、洋簞笥の鏡を爆発させ、床と天井の間を跳ねながら二人に向かって撥ね返ってくる。ハリーは、手の甲が呪文の熱で焼けるのを感じた。ハーマイオニーを引っ張って、ベッドから壊れた化粧台に飛び移り、ハリーは破れた窓から一直線に無の世界に飛び込んだ。窓ガラスの破片がハリーの頰を切る。ハーマイオニーのさけび声を闇に響かせ、二人は空中で回転していた……。

そして、そのとき傷痕がざくりと開いた。ハリーはヴォルデモートだった。悪臭のする寝室を走って横切り、長い蠟のような両手が窓枠をにぎる。その目に禿げた男と小さな女が回転して消えるのがわずかに見えた。ヴォルデモートは怒りのさけびを上げ、そのさけびはハーマイオニーの悲鳴と交じり、教会のクリスマスの鐘の音を縫って暗い庭々に響き渡った……。

ヴォルデモートのさけびはハリーのさけびだ。彼の痛みはハリーの痛みだった……前回取り逃したこの場所で、またしても同じことが起ころうとは……死とはどんなものかを知る一歩手前まで行った、あの家が見えるこの場所で……死ぬこと……激しい痛みだった……肉体から引き裂かれて……しかし肉体がないなら、なぜこんなにも頭が痛いのか、死んだのなら、なぜこんなに耐え難い痛みを感じるのか。痛みは死とともに終わるのではないのか。やむのではないのか……。

その夜は雨で、風が強かった。かぼちゃの姿をした子供が二人、広場をよたよたと横切っていく。店の窓は紙製の蜘蛛(くも)で覆われている。信じてもいない世界の扮装(ふんそう)に、ごてごてと飾り立てるマグルたち……「あの人」は滑るように進んでいく。自分には目的があり、力があり、正しいのだと、「あの人」がこういう場合には必ず感じる、あの感覚……怒り、ではない……そんなものは自分より弱い魂にふさわしい……そうではない。そうだ、勝利感なのだ……このときを待っていた。このことを望んでいたのだ……。

「おじさん、すごい変装だね！」

そばまで駆け寄ってきた小さな男の子の笑顔が、マントのフードの中を覗き込んだとたんに消えるのを、「あの人」は見た。絵の具で変装した顔が恐怖で翳るのを、「あの人」は見た。子供はくるりと向きを変えて走り去る……ローブの下で、「あの人」は杖の柄をいじる……たった一度簡単な動きをしさえすれば、子供は母親のところまで帰り着かない……しかし、無用なことだ。まったく無用だ……。

そして「あの人」は、別の、より暗い道を歩いていく。目的地がついに目に入る。「忠誠の術」は破れた。あいつらはまだそれを知らないが……黒い生け垣までくると、「あの人」は歩道を滑る落ち葉ほどの物音すら立てずに、生け垣の向こうをじっと窺う……。

カーテンが開いている。小さな居間にいるあいつらがはっきり見える。メガネをかけた背の高い黒髪の男が、杖先から色とりどりの煙の輪を出して、ブルーのパジャマを着た黒い髪の小さな男の子をあやしている。赤ん坊は笑い声を上げ、小さな手で煙をつかもうとしている……。

ドアが開いて、母親が入ってきた。なにか言っているが声は聞こえない。母親の顔に、深みのある赤い長い髪がかかっている。今度は父親が息子を抱き上げ、母親に渡した。それから杖をソファーに投げ出し、あくびをしながら伸びをする……。

門を押し開けると、かすかに軋んだ。しかしジェームズ・ポッターには聞こえない。蠟のような青白い手で、マントの下から杖を取り出しドアに向ける。ドアが音もなく開く。

「あの人」は敷居をまたいだ。ジェームズが、走って玄関ホールに出てくる。容易いことよ。あまりにも容易いことよ。やつは杖さえ持ってこない……。

「リリー、ハリーを連れて逃げろ！　あいつだ！　行くんだ！　早く！　僕が食い止める――」

食い止めるだと？　杖も持たずにか！……呪いをかける前に「あの人」は高笑いする……。

「アバダ　ケダブラ！」

緑の閃光が、狭い玄関ホールを埋め尽くす。壁際に置かれた乳母車を照らし出し、階段の手すりが避雷針のように光を放つ。そしてジェームズ・ポッターは、糸の切れた操り人形のように倒れた。

二階から、逃げ場を失った女の悲鳴が聞こえる。しかし、おとなしくさえしていれば、彼女は恐れる必要はないのだ……バリケードを築こうとする音を、楽しんで聞きながら、「あの人」は階段を上る……彼女も杖を持っていない……愚かなやつらめ。友人を信じて安全だと思い込むとは。一瞬たりとも武器を手放してはならぬものを……。

ドアの陰に大急ぎで積み上げられた椅子や箱を、杖の軽い一振りで難なく押し退け、「あの人」はドアを開ける……そこに、赤ん坊を抱きしめた母親が立っていた。「あの人」を見るなり、母親は息子を後ろのベビーベッドに置き、両手を広げて立ち塞がる。それが助けになるとでもいうように、赤ん坊を見えないように護れば、代わりに自分が選ばれるとでもいうように……。

「ハリーだけは、ハリーだけは、どうぞハリーだけは！」

「どけ、ばかな女め……さあ、どくんだ……」

「ハリーだけは、どうかお願い。わたしを、わたしを代わりに殺して――」

「これが、最後の忠告だぞ――」

「ハリーだけは！　お願い……助けて……許して……ハリーだけは！　ハリーだけは！　お願い――わたしはどうなってもかまわないわ――」

「どけ――女、どくんだ――」

母親をベッドから引き離すこともできる。しかし、一気に殺ってしまうほうが賢明だろう……。

部屋に緑の閃光が走った。母親は夫と同じように倒れる。赤ん坊ははじめから一度も泣かなかった。ベッドの柵につかまり立ちして、侵入者の顔を無邪気な好奇心で見上げている。マントに隠れて、きれいな光をもっと出してくれる父親だと思ったのかもしれない。そして母親は、いまにも笑いながらひょいと立ち上がると――。

「あの人」は、慎重に杖(つえ)を赤ん坊の顔に向ける。こいつが、この説明のつかない危険が滅びるところを見たいと願う。赤ん坊が泣き出す。こいつは、俺様(おれさま)がジェームズでないのがわかったのだ。こいつが泣くのはまっぴらだ。孤児院で小さいやつらがぴいぴい泣くと、いつも腹が立った――。

「アバダ　ケダブラ！」

　そして「あの人」は壊れた。無だ。痛みと恐怖だけしかない無になった。しかも、身を隠さねばならない。取り残された赤子が泣きわめいている、この破壊された家の瓦礫(がれき)の中ではなく、どこか遠くに……ずっと遠くに……。

「だめだ」「あの人」はうめく。

　汚らしい雑然とした床を、大蛇が這(は)う音がする。「あの人」はその男の子を殺した。それなのに、「あの人」がその男の子だった……。

「だめだ……」

　そしていま「あの人」はバチルダの家の破れた窓のそばに立ち、自分にとって最大の敗北の想い出にふけっていた。足元に大蛇がうごめき、割れた陶器やガラスの上を這っている……「あの人」は床を見て、なにかに目を止めた……なにか信じがたい物に……。

「だめだ……」

「ハリー、大丈夫よ、あなたは無事なのよ！」

「あの人」はかがんで、壊れた写真立てを拾い上げる。あの正体不明の盗っ人がいる。探していた男が……。

「だめだ……僕が落としたんだ……落としたんだ……」

「ハリー、大丈夫だから、目を覚まして、目を開けて！」

ハリーは我に返った……自分は、ハリーだった。ヴォルデモートではなく……床を這うような音は、大蛇ではなかった……。

ハリーは目を開ける。

「ハリー」ハーマイオニーがささやきかける。「気分は、だ――大丈夫？」

「うん」ハリーは嘘をつく。

ハリーは、テントの中の二段ベッドの下段に、何枚も毛布をかけられて横たわっていた。静けさと、テントの天井を通して見える寒々とした薄明かりからして、夜明けが近いらしい。汗びっしょりになっている。シーツや毛布の感触でそれがわかる。

「僕たち、逃げられたんだ」

「そうよ」ハーマイオニーが言う。「あなたをベッドに寝かせるのに、『浮遊術』を使わないといけなかったわ。あなたを持ち上げられなかったから……あなたは、ずっと……あの、あんまり具合が……」

ハーマイオニーの鳶色の目の下には隈ができている。手には小さなスポンジを持っているのが見える。それでハリーの顔を拭ってくれていたようだ。

「具合が悪かったの」ハーマイオニーが言い終える。「とっても悪かったわ」

「逃げたのは、どのくらい前？」

「何時間も前よ。いまはもう夜明けだわ」

「それで、僕は……どうだったの？　意識不明？」

「そういうわけでもないの――」

ハーマイオニーは言いにくそうにする。

「さけんだり、うめいたり……いろいろ」

ハーマイオニーの言い方は、ハリーを不安にさせた。いったい自分はなにをしたんだろう？　ヴォルデモートのように呪いをさけんだのか、ベビーベッドの赤ん坊のように泣きわめいたのか？

「分霊箱をあなたから外せなかったわ」

ハーマイオニーの言葉で、ハリーは、話題を変えたがっているのがわかった。

「貼りついていたの。あなたの胸に。ごめんなさい。痣が残ったわ。外すのに『切断の呪文』を使わなければならなかったの。それに蛇が噛んだ傷は、きれいにしてハナハッカを塗っておいたわ……」

ハリーは着ていた汗まみれのTシャツを引っ張って、中を覗いてみる。心臓の上に、ロケットが焼きつけた楕円形の赤痣があった。腕には、半分治りかけの噛み傷が見える。

「分霊箱はどこに置いたの？」

「バッグの中よ。しばらくは離しておくべきだと思うの」

ハリーは、枕に頭を押しつけ、ハーマイオニーのやつれた土気色の顔を見る。

「ゴドリックの谷に行くべきじゃなかった。僕が悪かった。みんな僕のせいだ。ごめんね、ハーマイオニー」

「あなたのせいじゃないわ。私も行きたかったんですもの。ダンブルドアがあなたに渡そうと、剣をあそこに置いたって、本気でそう思ったの」

「うん、まあね……二人ともまちがえた。そういうことだろ？」

「ハリー、なにがあったの？　バチルダがあなたを二階に連れていったあと、いったいなにがあったの？　蛇がどこかに隠れていたの？　急に現れてバチルダを殺して、あなたを襲ったの？」

「ちがう」ハリーが説明する。「バチルダが蛇だった……というか、蛇がバチルダに化けていたんだ……はじめからずっと」

「な――なんですって？」

ハリーは目をつむる。バチルダの家の悪臭がまだ体に染みついているようで、なにもかもが生々しく感じられる。

「バチルダは、だいぶ前に死んだにちがいない。蛇は……蛇はバチルダの体の中にいた。『例のあの人』が、蛇をゴドリックの谷に置いて待ち伏せさせたんだ。君が正しかったよ。あいつは、僕がもどると読んでいた」

「蛇がバチルダの中にいた、ですって？」

ハリーは目を開けた。ハーマイオニーは、いまにも吐きそうな顔をしている。

「僕たちの予想もつかない魔法に出会うだろうって、ルーピンが言ったね」

ハリーが言う。

「あいつは、君の前では話をしたくなかったんだ。蛇語だったから。全部蛇語だった。僕は気づかなかった。でも、僕にはあいつの言うことがわかったんだ。僕たちが二階の部屋に入ったとき、あいつは『例のあの人』と交信した。僕は、頭の中でそれがわかったんだ。『あの人』が興奮して、僕を捕まえておけって言ったのを感じたんだ……それから……」

ハリーは、バチルダの首から大蛇が現れる様子を思い出す。ハーマイオニーに、すべてを詳しく話す必要はない。

「……それからバチルダの姿が変わって、蛇になって襲ってきた」

ハリーは噛み傷を見る。

「あいつは僕を殺す予定ではなかった。『例のあの人』がくるまで、僕をあそこに足止めするだけだった」

あの大蛇を、仕留めていたなら――それなら、あれほどの犠牲をはらっても行ったかいがあったというのに……自分がいやになる。ハリーはベッドに起き上がって、毛布を跳ね退けた。

「ハリー、だめよ。寝てなくちゃだめ！」

「君こそ眠る必要があるよ。気を悪くしないで欲しいけど、ひどい顔だ。僕は大丈夫。しばらく見張りをするよ。僕の杖は？」

ハーマイオニーは答えずに、ただハリーの顔を見る。

「ハーマイオニー、僕の杖はどこなの？」

ハーマイオニーは唇を噛んで、目に涙を浮かべる。

「ハリー……」

「僕の杖は、どこなんだ？」

ハーマイオニーはベッドの脇に手を伸ばして、杖を取り出して見せた。柊と不死鳥の杖は、ほとんど二つに折れていた。柊の木は完全に割れていた。不死鳥の羽根の一筋が、細々と二つをつないでいるだけだ。柊の木は完全に割れていた。ハリーは、深傷を負った生き物を扱うような手つきで、杖を受け取る。なにをどうしていいかわからない。言い知れない恐怖で、すべてがぼやけている。それからハリーは、杖をハーマイオニーに差し出した。

「お願いだ。なおして」

「ハリー、できないと思うわ。こんなふうに折れてしまって――」

「お願いだよ、ハーマイオニー、やってみて！」

「レ――レパロ！　なおれ！」

ぶら下がっていた半分が、くっついた。ハリーは杖を構える。

「ルーモス！　光よ！」

杖は弱々しい光を放ったが、やがて消えた。ハリーは杖を、ハーマイオニーに向けた。

「エクスペリアームス！　武器よ去れ！」

ハーマイオニーの杖はぴくりと動いたが、手を離れはしない。弱々しく魔法をかけようとした杖は、負担に耐え切れずにまた二つに折れてしまった。ハリーは愕然として杖を見つめる。目の前で起こったことが信じられない……あれほどさまざまな場面を生き抜いた杖が……。

「ハリー」ハーマイオニーがささやく。

ハリーにはほとんど聞き取れないほど小さな声だ。

「ごめんなさい。ほんとにごめんなさい。私が壊したと思うの。逃げるとき、ほら、蛇が私たちを襲ってきたので、『爆発呪文』をかけたの。それが、あちこち撥ね返って、それできっと――きっとそれが当たって――」

「事故だよ」

ハリーは無意識に答える。頭が真っ白で、なにも考えられない。

「なんとか――なんとか修理する方法を見つけるよ」

「ハリー、それはできないと思うわ」

ハーマイオニーの頬を涙がこぼれ落ちている。

「覚えているかしら……ロンのこと？　自動車の衝突で、あの人の杖が折れたときのこと？　どうしても元どおりにならなくて、結局新しいのを買わなければならなかったわ」

ハリーは、誘拐されてヴォルデモートの人質になっているオリバンダーのことや、死んでしまったグレゴロビッチのことを思う。どうやったら新しい杖が手に入るというのだろう?

「まあね」ハリーは平気な声を装う。「それじゃ、いまは君のを借りるよ。見張りをする間」

涙で顔を光らせ、ハーマイオニーは自分の杖を渡す。ハリーはベッド脇に座っているハーマイオニーをそのままにして、そこから離れた。とにかくハーマイオニーから離れたかった。

第18章　アルバス・ダンブルドアの人生と嘘

太陽が顔を出した。ハリーのことなどおかまいなしに、ハリーの苦しみなど知らぬげに、澄み切った透明な空が頭上一杯に広がっている。ハリーはテントの入口に座って、澄んだ空気を胸一杯吸い込む。雪に輝く山間から昇る太陽を、生きて眺められるというだけでも、この世の至宝を得ていると考えるべきなのだろう。しかし、ハリーには、それをありがたいと思う余裕がなかった。杖を失った惨めさで、意識のどこかが傷ついている。ハリーは一面の雪に覆われた谷間を眺め、輝く静けさの中に響いてくる、遠くの教会の鐘の音を聞いた。

　肉体的な痛みに耐えようとしているように、ハリーは無意識に指を両腕に食い込ませる。ハリーはこれまでも数え切れないほど何度も血を流してきた。右腕の骨を全部失ったこともある。この旅が始まってからも、手と額の傷痕に、胸と腕の新しい傷が加わった。しかし、いまほど致命的に弱ったと感じたことはない。まるで魔法力の一番大切な部分をもぎ取られたみたいだ。ハリーは無防備で脆くなったように感じる。こんなことを少しでも打ち明けたらハーマイオニーがなんと言うか、聞かなくてもわかっている。杖は、持ち主の魔法使い次第だと言うにきまっている。しかし、ハーマイオニーはまちがっている。ハリーの場合はちがうのだ。杖が羅針盤の針のように回って方向を示したり、敵に向かって金色の炎を噴射したりする感触を、ハーマイオニーは感じたことがないのだ。ハリーは双子の尾羽根の護りを失った。失ってはじめてハリーは、自分がどんなに杖に頼っていたかを思い知る。

ハリーは、二つに折れた杖をポケットから引き出し、目を背けたまま首にかけたハグリッドの巾着袋にしまい込む。袋はもうこれ以上入らないほど、壊れた物や役に立たない物で一杯になっている。モーク革の袋の外から、ハリーの手があの古いスニッチに触れた。一瞬ハリーは、スニッチを引っ張り出して投げ捨ててしまいたい衝動にかられる。こんな物、不可解でなんの助けにもならず、役にも立たない。ダンブルドアが残してくれたものは、ほかのものも全部同じだ――。

ダンブルドアに対する怒りが、いまや溶岩のように噴き出して内側からハリーを焼き、他のいっさいの感情を消し去る。ハリーとハーマイオニーは、追いつめられた気持ちから、ゴドリックの谷にこそ答えがあり、自分たちはそこにもどるべき運命にあると思い込もうとした。切羽詰まった気持ちから、それこそがダンブルドアの敷いた秘密の道の一部なのだと、自らに信じ込ませた。しかし、地図もなければ計画も用意されてはいなかった。ダンブルドアは、ハリーたちに暗闇を手探りさせ、想像を絶する未知の恐怖と、孤立無援で戦うことを強いている。なんの説明もなく、ただではなにも与えてもらえず、その上剣もなく、いまやハリーには杖もない。そしてハリーは、あの盗っ人の写真を落としてしまった。ヴォルデモートにとっては、あの男がだれかを知るのは容易いことにちがいない……ヴォルデモートはいまや、すべての情報をにぎった……。

「ハリー？」

ハーマイオニーは、自分が貸した杖でハリーに呪いをかけられでもしないかと怯えたような顔をしている。涙の跡が残る顔で、ハーマイオニーはハリーの脇にうずくまる。震える両手に紅茶のカップを二つ持ち、腋の下になにか大きな物を抱えている。

「ありがとう」ハリーは紅茶を受け取りながら礼を言う。

「話してもいいかしら？」

「ああ」ハリーはハーマイオニーの気持ちを傷つけたくなく、そう答える。

「ハリー、あなたはあの写真の男がだれなのか、知りたがっていたわね。あの……私、あの本を持っているわ」

ハーマイオニーは、おずおずとハリーの膝に本を押しつける。真新しい『アルバス・ダンブルドアの真っ白な人生と真っ赤な嘘』だ。

「どこで——どうやって——?」

「バチルダの居間に置いてあったの……本の端からこのメモが覗いていたわ」

黄緑色のとげとげしい文字で書かれた二、三行のメモを、ハーマイオニーが読み上げる。

『バティさん、お手伝いいただいてありがとざんした。ここに一冊献本させていただくざんす。気に入っていただけるといいざんすけど。覚えてないざんしょうが、あなたはなにもかも言ってくれたざんすよ。リータ』。この本は、本物のバチルダがまだ生きていたときに、届いたのだと思うわ。でも、たぶん読める状態ではなかったのじゃないかしら?」

「たぶん、そうだろうな」

ハリーは表紙のダンブルドアの顔を見下ろし、残忍な喜びが一度にわき上がるのを感じた。ダンブルドアがハリーに知られることを望んだかどうかは別として、ハリーに話そうとしなかったすべてのことが、いまやハリーの手中にある。

「まだ、私のことをとても怒っているのね?」ハーマイオニーが言う。

ハリーが顔を上げると、ハーマイオニーの目からまた新しい涙が流れ落ちるのが見えた。怒りがハリーの顔に表れていたにちがいない。

「ちがうよ」

ハリーは静かに、しかし急いで答える。

「ハーマイオニー、ちがうんだ。あれは事故だったってわかっている。君は、僕たちがあそこから生きて帰れるようにがんばってくれた。君はすごかった。君があの場に助けにきてくれなかったら、僕はきっと死んでいたよ」

涙に濡れたハーマイオニーの笑顔に、ハリーは笑顔で応えようと努め、それから本に注意を向ける。背表紙はまだ硬く、本が一度も開かれていないことを証している。ハリーは写真を探してぱらぱらとページをめくる。探していた一枚は、すぐに見つかった。若き日のダンブルドアが、ハンサムな友人と一緒に大笑いしている。どんな冗談で笑ったのかは追憶のかなただ。ハリーは写真の説明に目を向けた。

〝アルバス・ダンブルドア――母親の死後間もなく、友人のゲラート・グリンデルバルドと〟

ハリーはしばらくの間、最後の文字をまじまじと眺める。グリンデルバルド。友人のグリンデルバルド。横を見ると、ハーマイオニーも自分の目を疑うように、まだその名前を見つめていた。ゆっくりとハリーを見上げて、ハーマイオニーが言う。

「グリンデルバルド?」

ほかの写真は無視して、ハリーはその写真の前後のページをめくって、その決定的な名前がどこかほかにも書かれていないか探す。名前はすぐに見つかり、ハリーはそこを貪り読むが、なんのことだかわからなかった。もっと前にもどって読まないと、まったく意味がわからない。そして結局ハリーは、「より大きな善のために」という題がついているその章の冒頭にもどっていた。

ハーマイオニーと一緒に、ハリーは読みはじめる。

十八歳の誕生日が近づき、ダンブルドアは数々の栄誉に輝いてホグワーツを卒業した――首席、監督生、秀でた呪文術へのバーナバス・フィンクリー賞受賞、ウィゼンガモット最高裁への英国青年代表、カイロにおける国際錬金術会議での革新的な論文による金賞受賞などである。次にダンブルドアは、在学中に彼の腰巾着になった、のろまながらも献身的な「ドジの」エルファイアス・ドージとともに、伝統の卒業世界旅行に出る計画を立てた。

ロンドンの「漏れ鍋」に泊まった二人の若者が、翌朝のギリシャへの出発に向けて準備していたとき、一羽のふくろうが、ダンブルドアの母親ケンドラの訃報を運んできた。「ドジの」ドージは本書へのインタビューを拒んだが、彼自身、その訃報のあとに起こったことについての感傷的な一文を公にしている。ドージは、ケンドラの死を悲劇的な痛手と表現し、ダンブルドアが遠征を断念したのは気高い自己犠牲の行為であったと主張している。

たしかにダンブルドアは、すぐさまゴドリックの谷に帰った。弟と妹の「面倒をみる」というのがその理由であった。しかし、実際にはどれだけ弟妹の世話を焼いたのであろうか？

「あの子はいかれぽんちでしたよ、あのアバーフォースって子は」

当時、ゴドリックの谷の郊外に住んでいた、イーニッド・スミークはそう言う。

「手に負えない子でね。もちろん、父親も母親もいない子ですから、普通なら不憫（ふびん）に思ったでしょうが、アバーフォースは私の頭にしょっちゅうヤギの糞（ふん）を投げつけるような子でしたからね。アルバスは、弟のことをあまり気にしているふうではなかったですね。とにかく、二人が一緒にいるところを、見たことは一度もありませんでしたよ」

暴れ者の弟をなだめていたのでないなら、アルバスはなにをしていたのだろうか？　どうやらその答えは、引き続き妹をしっかり監禁していた、ということのようだ。最初の見張り役は死んだが、妹、アリアナ・ダンブルドアの哀れな状態は変わらなかった。この妹の存在さえ、アリアナが「蒲柳（ほりゅう）の質」だという話をまちがいなく鵜呑（うの）みにする「ドジの」ドージのような少数の者を除いては、外部に知られていなかった。

もう一人、家族ぐるみの付き合いがあり、これも簡単に丸め込まれる友人に、長年ゴドリックの谷に住む名高い魔法史家のバチルダ・バグショットがいる。村に移った家族を歓迎しようとしたバチルダを、ケンドラは、言うまでもなく最初は拒絶している。しかし、数年後、「変身現代」に掲載された「異種間変身」の論文に感心したバチルダが、ホグワーツのアルバスにふくろう便を送ったのがきっかけで、ダンブルドアの家族全員との付き合いが始まったのだ。ケンドラが死ぬ前に、ゴドリックの谷でダンブルドアの母親と言葉を交わせる間柄だったのは、バチルダただ一人だった。

不幸にして、かつてのバチルダの輝ける才能は、いまやうすぼんやりしてしまっている。アイバー・ディロンスビィは「空鍋の空焚き」という表現で筆者に語り、イーニッド・スミークはもっと俗な言葉で、「サメの脳みそ」と表現した。にもかかわらず、筆者は百戦練磨の取材の技を駆使することで、確たる事実の数々を引き出し、それらをつなぎ合わせた結果、醜聞の全貌を浮かび上がらせることに成功した。

ケンドラの早すぎる死が「呪文の逆噴射」のためだというバチルダの見方は、魔法界全体の見解と同じであり、アルバスとアバーフォースが後年繰り返し語った話でもある。バチルダはさらに、アリアナが「腺病質」であり、「傷つきやすい」という家族の言い種を、受け売りしている。しかしながら、ある問題に関しては、筆者が苦労して「真実薬」を入手したかいがあった。なにしろ、バチルダこそ、そしてバチルダのみが、アルバス・ダンブルドアの人生における秘中の秘の全容を知る者だからである。はじめて明かされるこの話は、崇拝者が信奉するダンブルドア像のすべてに、疑問を投げかける。闇の魔術を憎み、マグルの弾圧に反対したというイメージや、自らの家族に献身的であったとされる話さえ虚像ではないかと思われる。

親を失い、家長となったダンブルドアが、ゴドリックの谷にもどったその同じ夏のこと、バチルダ・バグショットは、遠縁の甥を家に住まわせることにした。ゲラート・グリンデルバルドである。

グリンデルバルドの名は、当然ながら有名である。「歴史上最も危険な闇の魔法使い」のリストでは、一世代後に出現した「例のあの人」に王座を奪われなければ、トップの座に君臨していたと言えよう。しかし、グリンデルバルドの恐怖の手は、イギリスにまで及んだことがなかったため、その勢力台頭の過程については、わが国では広く知られていない。

闇の魔術を容認するという、芳しくない理由で当時から有名だったダームストラング校で教育を受けたグリンデルバルドは、ダンブルドア同様、早熟な才能を開花させていた。しかし、ゲラート・グリンデルバルドの場合は、その能力を賞や栄誉を得ることに向けず、別の目的の追求に没頭していた。十六歳にして、もはやダームストラング校でさえ、その歪(ゆが)んだ試みを見捨ててはおけなくなり、ゲラート・グリンデルバルドは放校処分になる。

従来、グリンデルバルドの退学後の行動については、「海外を数か月旅行した」ことしか知られていなかったが、いまはじめて事実が明るみに出る。グリンデルバルドはゴドリックの谷の大おばを訪れる道を選び、その地で、多くの読者には衝撃的であろうが、だれあろう、アルバス・ダンブルドアその人と親交を結んだのである。

「私には魅力的な少年に思えたがねぇ」とバチルダはぶつぶつ語った。「後年あの子がどういうふうになったかは別として。当然、私はあの子を、同じ年ごろの男の友人がいない、かわいそうなアルバスに紹介したのだよ。二人はたちまち意気投合してねぇ」

たしかにそのとおりだった。バチルダが、保管していた一通の手紙を見せてくれたが、それはアルバス・ダンブルドアが、夜中にゲラート・グリンデルバルドに書き送ったものである。

「そう、一日中議論したあとにだよ――才気あふれる若い二人は、まるで火にかけた大鍋のように相性がよくてねぇ――ときどき、アルバスからの手紙を届けるふくろうが、ゲラートの寝室の窓をコツコツ突つく音が聞こえたものだ！　アルバスになにか考えが閃いたのだろうね。そうすると、すぐにゲラートに知らせずにはいられなかったんだと思うよ！」

考えが、聞いて呆れる。アルバス・ダンブルドアのファンには深い衝撃であろうが、彼らのヒーローが十七歳のとき、新しい親友に語った思想は以下のとおりだ。

（手紙の実物のコピーは四三六ページに掲載）

ゲラート

魔法使いが支配することは、マグル自身のためだという君の論点だが――僕は、これこそ肝心な点だと思う。たしかにわれわれには力が与えられている。そして、たしかに、その力はわれわれに支配する権利を与えている。しかし、同時にそのことは、被支配者に対する責任をもわれわれに与えているという点を、われわれは強調しなければならない。この点こそが、われわれの打ち立てるものの土台となるだろう。

われわれの行動が反対にあった場合、そして必ずや抵抗はあるだろうが、反論の基礎はここになければならない。われわれは、より大きな善のために支配権を掌握するのだ。このことからくる当然の帰結だが、抵抗にあった場合は、力の行使は必要なだけにとどめ、それ以上であってはならない（これが君のダームストラングにおけるまちがいだった！　しかし、僕には文句が言えない。なぜなら、君が退学にならなければ、二人が出会うことはなかっただろうから）。

アルバス

多くのダンブルドア崇拝者にとっては愕然とさせられる驚きの手紙であろうが、これこそが、かつてアルバス・ダンブルドアが「秘密保持法」を打ち壊し、魔法使いによるマグルの支配を打ち立てようと夢見た証なのである。ダンブルドアこそマグル生まれの最も偉大な闘士であると、常にそのイメージを描いてきた人々にとっては、なんたる打撃！　マグルの権利を振興する数々の演説が、この決定的な新証拠の前では、なんと虚しく響くことか！　母親の死を嘆き、妹の世話をしているべき時期に、自らが権力の座に上る画策に励んでいたアルバス・ダンブルドアこそ、いかに見下げ果てた存在に見えることか！

是が非でもダンブルドアを崩れかけた台座に載せておきたい人々は、結局ダンブルドアがこの計画を実行に移さなかったと、女々しい泣き言を言うにちがいない。ダンブルドアの考えが変わって、正気にもどったと戯言を言うにちがいない。しかし、どうやら真実はこれよりもっと衝撃的なのだ。

すばらしい新たに生まれた友情から二か月も経たないうちに、ダンブルドアとグリンデルバルドは別れ、あの伝説の決闘まで互いに二度と会うことはなかったのだ（決闘については22章を参照）。突然の決裂はいったいなにゆえだったのか？ダンブルドアが正気にもどったのか？ グリンデルバルドに対して、もはや彼の計画に加わりたくないと言ったのか？ 嗚呼、そうではなかった。

「それは、かわいそうなアリアナちゃんが死んだせいだったろうねぇ」

バチルダはそう言う。

「恐ろしいショックだった。ゲラートはそのとき、ダンブルドアの家にいたのだが、それこそうろたえて家にもどってきよってな、私に、翌日家に帰りたいと言い出した。そりゃあ、ひどく落ち込んでいてねぇ。そこで私は移動キーを手配したのだが、それっきりあの子には会ってないのだよ」

「アリアナの死で、アルバスは取り乱していたよ。二人の兄弟にとって、あまりにも恐ろしい出来事だった。二人を残して、家族全員を失ったのだからねぇ。当然、癇癪も起ころうというものだよ。こういう恐ろしい状況ではよくあることだが、アバーフォースがアルバスを責めてねぇ。ただし、気の毒に、アバーフォースは、普段から少し正気ではない話し方をする子だったんだけれど、いずれにせよ、葬式でアルバスの鼻をへし折るというのは、穏当じゃなかったねぇ。息子たちが娘の亡骸を挟んであんなふうにけんかをするのを見たら、母親のケンドラは胸がつぶれたことだろう。ゲラートが、残って葬儀に参列しなかったのは残念だった……少なくともアルバスの慰めにはなっただろうに……」

アリアナ・ダンブルドアの葬儀に参列した数少ない者しか知らないことだが、柩を前にしてのこの恐ろしい争いは、いくつかの疑問を呈している。アバーフォース・ダンブルドアはいったいなにゆえ、妹の死に関してアルバスを責めたのか？　「バティ」が言い張るように、単なる悲しみの表れだったのだろうか？　それともその怒りには、もっと具体的な理由があったのだろうか？　同窓生たちを攻撃して殺しかけた事件でダームストラングを放校になっているグリンデルバルドは、アリアナの死から数時間後にイギリスから逃げ去った。そしてアルバスは（恥からか、それとも恐れからか？）、魔法界の懇願に応えてやむなく顔を合わせることになるまでは、二度とグリンデルバルドに会うことはなかった。

ダンブルドアもグリンデルバルドも、少年時代の短い友情に関して、後年一度たりとも触れることはなかったと思われる。しかしながら、死傷者や行方不明者が続出した大混乱の五年ほどの間、ダンブルドアが、ゲラート・グリンデルバルドへの攻撃を先延ばしにしていたことは疑いがない。ダンブルドアを躊躇(ちゅうちょ)させていたのは、グリンデルバルドに対する友情の名残だったのか、それとも、かつては親友だったことが明るみに出るのを恐れたからなのだろうか？　一度は出会えたことをあれほど喜んだ相手だ。その男を取り抑えに出向くのは、ダンブルドアにとって気の進まないことだったにちがいない。

そして、謎のアリアナはどのようにして死んだのか？　闇の儀式の予期せぬ犠牲者だったのか？　二人の若者が栄光と支配をめざしての試みの練習中に、アリアナは偶然に不都合ななにかを見てしまったのか？　アリアナ・ダンブルドアが「より大きな善のため」の最初の犠牲者だったということはありうるだろうか？

この章は、ここで終わっていた。ハリーは目を上げる。ハーマイオニーは先にページの下まで読み終えていた。ハリーの表情に少しどきりとしたように、ハーマイオニーは本をハリーの手からぐいと引っ張り、不潔なものでも隠すように、本を見もせずに閉じる。

「ハリー――」

しかし、ハリーは首を振る。ハリーの胸の中で、確固としたなにかが崩れ落ちた。

ロンが去ったときに感じた気持ちと、まったく同じだ。ハリーはダンブルドアを信じていた。ダンブルドアこそ、善と知恵そのものであると信じていた。すべては灰燼に帰した。これ以上失うものなどあるのだろうか？　ロン、ダンブルドア、そして不死鳥の尾羽根の杖……。

「ハリー――」

ハーマイオニーはハリーの心の声が聞こえたかのように繰り返した。

「聞いてちょうだい。これ――この本は、読んで楽しい本じゃないわ――」

「――ああ、そうみたいだね――」

「――でも忘れないで、ハリー、これはリータ・スキーターの書いたものよ」

「君も、グリンデルバルドへの手紙を読んだろう？」

「ええ、私――読んだわ」

ハーマイオニーは両手で冷めた紅茶のカップを包み、動揺した表情で口ごもる。

「あれが最悪の部分だと思うわ。バチルダはあれが机上の空論にすぎないと思ったにちがいないわ。でも『より大きな善のために』はグリンデルバルドのスローガンになって、後年の残虐な行為を正当化するために使われた。それに……あれによると……ダンブルドアがグリンデルバルドにその考えを植えつけたみたいね。『より大きな善のために』は、ヌルメンガードの入口にも刻まれていると言われているけれど」

「ヌルメンガードってなに？」

「グリンデルバルドが、敵対する者を収容するために建てた監獄よ。ダンブルドアに捕まってからは、自分が入るはめになったけれど。とにかく、ダンブルドアの考えがグリンデルバルドの権力掌握を助けたなんて、考えるだけで恐ろしいことよ。でも、もう一方では、さすがのリータでさえ、二人が知り合ったのは、ひと夏のほんの二か月ほどだったということを否定できないし、二人とも、とても若いときだったし、それに……」

「君はそう言うだろうと思った」ハリーがハーマイオニーを遮る。

ハーマイオニーに自分の怒りのとばっちりを食わせたくはなかったが、静かな声で話すのは難しい。

「『二人は若かった』って、そう言うと思ったよ。でも、いまの僕たちと同じ年だった。それに、僕たちはこうして闇の魔術と戦うために命を賭けているのに、ダンブルドアは新しい親友と組んで、マグルの支配者になる企みを巡らしていたんだ」

ハリーは、もはや怒りを抑えておけなかった。少しでも発散させようとして立ち上がり、歩き回る。

「ダンブルドアの書いたことを擁護しようとは思わないわ」ハーマイオニーが言う。「『支配する権利』なんてばかげたこと、『魔法は力なり』とおんなじだわ。でもハリー、母親が死んだばかりで、ダンブルドアは一人で家に縛りつけられて――」

「一人で？　一人なもんか！　弟と妹が一緒だった。監禁し続けたスクイブの妹と――」

「私は信じないわ」ハーマイオニーも立ち上がる。

「その子のどこかが悪かったにせよ、スクイブじゃなかったと思うわ。私たちの知っているダンブルドアは、絶対そんなことを許すはずが――」

「僕たちが知っていると思っていたダンブルドアは、力ずくでマグルを征服しようなんて考えなかった！」ハリーは大声を出した。

その声はなにもない山頂を越えて響き、驚いたクロウタドリが数羽、鳴きながら真珠色の空にくるくると舞い上がる。

「ダンブルドアは変わったのよ、ハリー、変わったんだわ！　それだけのことなのよ！　十七歳のときにはこういうことを信じていたかもしれないけれど、それ以後の人生は、闇の魔術と戦うことに捧げたわ！　ダンブルドアこそグリンデルバルドを挫いた人、マグルの保護とマグル生まれの権利を常に支持した人、最初から『例のあの人』と戦い、打倒しようとして命を落とした人なのよ！」

二人の間に落ちているリータの著書から、アルバス・ダンブルドアの顔が二人に向かって悲しげにほほえんでいた。

「ハリー、言わせてもらうわ。あなたがそんなに怒っている本当の理由は、ここに書かれていることを、ダンブルドア自身が、いっさいあなたに話さなかったからだと思うわ」

「そうかもしれないさ！」ハリーはさけぶ。

そして、両腕で頭を抱え込んだ。怒りを抑えようとしているのか、それとも失望の重さから自らを護ろうとしているのか、自分にもわからない。

「ハーマイオニー、ダンブルドアが僕になにを要求したか言ってやる！　命を賭けるんだ、ハリー！　何度も！　何度でも！　わしがなにもかもきみに説明するなんて期待するな！　ひたすら信用しろ、わしはなにもかも納得ずくでやっているのだと信じろ！　わしがきみを信用しなくとも、わしのことは信用しろ！　真実のすべてなんて一度も！　一度も！」

神経が高ぶって、ハリーはかすれ声になる。真っ白ななにもない空間で、二人は立ったまま見つめ合っていた。この広い空の下で、ハリーは自分たちが虫けらのように取るに足らない存在だと感じた。

「ダンブルドアはあなたのことを愛していたわ」ハーマイオニーがささやくように諭す。「私にはそれがわかるの」

ハリーは両腕を頭から離した。

「ハーマイオニー、ダンブルドアがだれのことを愛していたのか、僕にはわからない。でも、僕のことじゃない。愛なんかじゃない。こんなめちゃくちゃな状態に僕を置き去りにして。ダンブルドアは、僕なんかよりゲラート・グリンデルバルドに、よっぽど多く、本当の考えを話していたんだ」

ハリーは、さっき雪の上に落としたハーマイオニーの杖を拾い上げ、ふたたびテントの入口に座り込んだ。

「紅茶をありがとう。僕、見張りを続けるよ。君は中に入って暖かくしていてくれ」

ハーマイオニーはためらったが、一人にしてくれと言われたのだと悟り、本を拾い上げてハリーの横を通り、テントに入ろうとする。その際ハーマイオニーは、ハリーの頭のてっぺんを軽くなでた。ハリーはその手の感触を感じて目を閉じる。ハーマイオニーの言うことが真実であって欲しい――ダンブルドアは本当にハリーのことを大切に思っていてくれたのだ――ハリーはそう願う自分を憎んだ。

第19章　銀色の牝鹿

真夜中にハーマイオニーと見張りを交代したときには、もう雪が降り出していた。ハリーは、心がかき乱されるような混乱した夢を見た。ナギニが、最初は巨大な割れた指輪から、次はクリスマス・ローズの花輪から出入りする夢だ。遠くでだれかがハリーを呼んだような気がしたり、あるいはテントをはためかせる風を足音か人声と勘違いして、ハリーはそのたびにどきりとして目を覚ます。

とうとう暗いうちに起き出したハリーは、見張りをしているハーマイオニーのところに行った。ハーマイオニーは、テントの入口にうずくまって、杖灯り（つえあかり）で『魔法史』を読んでいた。雪はまだしんしんと降っていて、ハリーが早めに荷造りをして移動しようと言うと、ハーマイオニーはほっとしたように受け入れた。

「どこかもっと、雨露をしのげるところに行きましょう」

ハーマイオニーはパジャマの上にトレーナーを着込み、震えながら賛成する。

「だれかが、外を動き回っている音が聞こえたような気がしてしかたがないの。一度か二度、人影を見たような気もするわ」

ハリーはセーターを着込む途中で動きを止め、ちらっとテーブルの上の「かくれん防止器」を見る。しかし、動きもなく、静かだった。

「きっと気のせいだとは思うけど――」

ハーマイオニーは不安そうな顔で言う。

「闇の中の雪って、見えないものを見せるから……でも、念のために、『透明マント』をかぶったまま『姿くらまし』したほうがいいわね？」

三十分後、テントを片付けて、ハリーは分霊箱を首にかけ、ハーマイオニーはハリーとビーズバッグをにぎりしめて、「姿くらまし」した。いつもの締めつけられるような感覚に呑み込まれ、ハリーの両足は雪面を離れたかと思ううちに固い地面を打つ。木の葉に覆われた凍結した地面のようだ。

「ここはどこ？」

ハリーは、いままでとはちがう木々の生い茂った場所を、目を凝らして見回しながら、ビーズバッグを開いてテントの柱を引っ張り出しているハーマイオニーに問いかける。

「グロスター州のディーンの森よ。一度パパやママと一緒に、キャンプにきたことがあるの」

ここも、あたり一面の木々に雪が積もり、刺すような寒さに変わりはなかったが、少なくとも風からは護られている。二人はほとんど一日中テントの中で、ハーマイオニーお得意の明るいリンドウ色の炎の前にうずくまって、暖を取りながら過ごす。この炎は、広口瓶にすくい取って運べる便利なものだ。ハリーは、束の間ながら患っていた重い病気から立ちなおろうとしている患者のような気分がした。ハーマイオニーが細かい気遣いを見せてくれればくれるほど、ますますそんな気になる。午後にはまた雪が舞い、ハリーたちのいる木々に囲まれた空き地も、粉を撒いたように新雪で覆われた。

ふた晩、ほとんど寝ていなかったせいか、ハリーの感覚はいつもより研ぎ澄まされている。ゴドリックの谷から逃れはしたが、あまりにも際どいところだったために、ヴォルデモートの存在が前より身近に、より恐ろしいものに感じられる。その日も暮れかかったとき、見張りを交代するというハーマイオニーの申し出を断り、ハリーはハーマイオニーに寝るように促した。

ハリーは、テントの入口に古いクッションを持ち出して座り込む。ありったけのセーターを着込んだにもかかわらず、まだ震える。刻一刻と闇が濃くなり、とうとうなにも見えないほど暗くなった。ハリーは、しばらくジニーの動きを眺めたくて「忍びの地図」を取り出そうとしたが、クリスマス休暇でジニーは「隠れ穴」にもどっていることに気づき、また暗闇に目を遣った。

広大な森では、どんな小さな動きも拡大されるように思える。森は、生き物で一杯だということはわかっている。だが、どの生き物も動かずに静かにしていてくればいいのに、とハリーは思う。そうすれば、動物が走ったり徘徊したりする無害な音と、ほかの不気味な動きを示す物音とを区別できる。ハリーは何年も前に、落ち葉の上を引きずるマントの音を聞いたことを思い出す。そのとたん、またその音を聞いたような気がして、あわてて頭の中から振りはらった。自分たちのかけた保護呪文は、ここ何週間もずっと有効だった。いまさら破られるはずはないじゃないか？　しかし、今夜はなにかがちがうという感じを拭い切れない。

テントにもたれて、おかしな角度に体を曲げたまま寝込んでしまい、首が痛くなって何度かぐいと体を起こす。ビロードのような深い夜の帳の中で、ハリーは、「姿くらまし」と「姿現わし」の中間にぶら下がっているような気がする。そんなことになっていれば指は見えないはずだと思い、目の前に手をかざして見えるかどうかを確かめてみた、ちょうどそのときだ。

目の前に明るい銀色の光が現れ、木立ちの間を動いた。光の正体はわからないが、音もなく動いている。光は、ただハリーに向かって漂ってくるようにも見える。

ハリーはぱっと立ち上がって、ハーマイオニーの杖（つえ）を構える。声が喉元（のどもと）で凍りついている。真っ黒な木立ちの輪郭の陰で、光はまばゆいばかりに輝きはじめ、ハリーは目を細める。その何物かは、ますます近づいてくる……。

そして、一本のナラの木の木陰から、光の正体が歩み出た。明るい月のようにまぶしく輝く、白銀の牝鹿（めじか）だ。音もなく、新雪の粉雪に蹄（ひづめ）の跡も残さず、一歩一歩進んでくる。睫毛（まつげ）の長い大きな目をした美しい頭をすっと上げ、じりじりとハリーに近づいてくる。

ハリーは呆然（ぼうぜん）として牝鹿を見つめた。見知らぬ生き物だからではない。なぜかこの牝鹿を知っているような気がしたからだ。この牝鹿と会う約束をして、ずっとくるのを待っていたのに、いままでそのことを忘れていたような気がする。ハーマイオニーを呼ぼうとしていた、ついさきほどまでの強い衝動は消えてしまっていた。まちがいない。だれがなんと言おうと、この牝鹿はハリーのところに、そしてハリーだけのところにきたのだ。

牝鹿とハリーは、しばらく互いにじっと見つめ合った。その後、牝鹿は向きを変え、去りはじめる。

「行かないで」

ずっと黙っていたせいで、ハリーの声はかすれている。

「もどってきて！」

牝鹿は、おもむろに木立ちの間を歩み続ける。やがてその輝きに、黒く太い木の幹が縞模様を描きはじめる。ハリーはほんの一瞬ためらった。罠かもしれない。危ない誘いかもしれない。慎重さがささやきかける。しかし、直感が、圧倒的な直感が、これは闇の魔術ではないとハリーに教えていた。ハリーはあとを追いはじめる。

ハリーの足下で雪が軽い音を立てたが、木立ちを縫う牝鹿はあくまでも光であり、物音一つ立てない。牝鹿は、ハリーをどんどん森の奥へと誘う。ハリーは足を速める。牝鹿が立ち止まったときこそ、ハリーが近づいてよいという合図にちがいない。そして、牝鹿が口を開いたとき、その声が、ハリーの知るべきことを教えてくれるにちがいない。

ついに、牝鹿が立ち止まった。その美しい頭を、もう一度ハリーに向ける。知りたさに胸を熱くし、ハリーは走り出す。しかし、ハリーが口を開いたとたん、牝鹿は消えてしまった。

牝鹿の姿はすっぽりと闇に飲まれてしまったが、輝く残像はハリーの網膜に焼きついている。目がちかちかして視界がぼやけ、瞼を閉じたハリーは、方向感覚を失う。それまでは牝鹿が安心感を与えてくれていたが、いまや代わりに恐怖が襲ってくる。

「ルーモス　光よ」小声で唱えると、杖先に灯りが点る。

瞬きをするたびに、牝鹿の残像は薄れていく。ハリーはその場にたたずみ、森の音を、遠くの小枝の折れる音や、サラサラという柔らかな雪の音を聞く。いまにもだれかが襲ってくるのではないか？　牝鹿は、待ち伏せにハリーを誘き出したのだろうか？　杖灯りの届かないところに立っているだれかが、ハリーを見つめているように感じるのは、気のせいだろうか？

ハリーは杖を高く掲げた。だれも襲ってくる気配はない。木陰から飛び出してくる緑色の閃光もない。ではなぜ、牝鹿はハリーをここに連れてきたのだろう？

杖灯りでなにかが光った。ハリーは急いで後ろを向いたが、小さな凍った池があるだけだ。よく見ようと杖を持ち上げると、暗い池の表面が割れて光っている。

ハリーは用心深く近づき、池を見下ろす。氷がハリーの歪んだ姿を映し、杖灯りを反射して光る。そのとき、灰色に曇った厚い氷のずっと下で、なにか別のものがきらりと光った。大きな銀色の十字だ……。

ハリーの心臓が喉元まで飛び出した。池の縁にひざまずいて、池の底にできるだけ光が当たるように杖を傾ける。深紅の輝き……柄に輝くルビーをはめ込んだ剣……グリフィンドールの剣が、森の池の底に横たわっている。

ハリーは、ほとんど息を止めて剣を覗き込む。どうしてこんなことが？　自分たちが野宿している場所の、こんな近くの池に横たわっているなんて、どうして？　未知の魔法が、ハーマイオニーをこの地点に連れてきたのだろうか？ それとも、ハリーが守護霊だと思った牝鹿は、この池の守人なのだろうか？ もしかして、ハリーたちがここにいると知って、二人が到着したあとに、この池に剣が入れられたのだろうか？ だとしたら、剣をハリーに渡そうとした人物はどこにいるのだ？ ハリーはもう一度杖を周囲の木々や灌木に向け、人影はないか、目が光ってはいないか、と探す。だれの姿も見えない。それでもやはりハリーは、凍った池の底に横たわる剣にもう一度目を向けながら、高揚した気持ちの中に一抹の恐怖がふくれ上がるのを抑え切れない。

ハリーは杖を銀色の十字に向けて、つぶやくように唱える。

「アクシオ、剣よ来い」

剣は微動だにしない。ハリーも動くとは期待していなかった。そんなに簡単に動くくらいなら、剣は凍った池の底ではなく、ハリーが拾い上げられるような地面に置かれていただろう。ハリーは、以前、剣のほうからハリーのところに現れたときのことを必死に思い出しながら、氷の周囲を歩きはじめた。あのときのハリーは、恐ろしく危険な状況に置かれ、救いを求めていた。

「助けて」

ハリーはつぶやく。しかし剣は、無関心に、じっと池の底に横たわったままだ。

ハリーが剣を手に入れたあのとき、ダンブルドアはなんと言ったっけ？　ハリーはふたたび歩きながら、思い出そうとする。真のグリフィンドール生だけが、帽子から剣を取り出してみせることができるのじゃ。真のグリフィンドール生を決める特質とは、なんだっただろう？　ハリーの頭の中で、小さい声が答える。勇猛果敢な騎士道で、ほかとはちがうグリフィンドール。

ハリーは立ち止まって、長いため息をつく。白い息が、凍りついた空気の中にたちまち散っていく。なにをすべきか、ハリーにはわかっている。偽らずに言えば、ハリーは、最初に氷を通して剣を見つけたときから、こうする以外にはないだろうと考えていた。

ハリーはもう一度周囲の木々をぐるりと眺め、今度こそ、ハリーを襲うものはだれもいないと確信する。もしそのつもりなら、ハリーが一人で森を歩いているときに十分襲うチャンスはあった。池を調べているときだって十分にその機会はあったはずだ。いまハリーがぐずぐずしているのは、これから取るべき行動が、あまりにも気の進まないことだからだ。

思うように動かない指で、ハリーは一枚一枚服を脱ぎはじめる。こんなことをして、どこが「騎士道」なのだろう――ハリーは恨みがましく考える――ハリーには確信が持てなかった。もっとも、ハーマイオニーを呼び出して、自分の代わりにこんなことをさせないというのが、せめてもの騎士道なのかもしれない。

ハリーが服を脱いでいると、どこかでふくろうが鳴く。ハリーはヘドウィグを思い出して、胸が痛む。いまや歯の根も合わないほどに震えているが、最後の一枚を残して裸足で雪に立つところまでハリーは脱ぎ続けた。杖と母親の手紙、シリウスの鏡のかけら、そして古いスニッチの入った巾着袋を服の上に置き、ハリーはハーマイオニーの杖を氷に向けた。

「ディフィンド！　裂けよ！」

氷の砕ける音が、静寂の中で弾丸のように響く。池の表面が割れ、黒っぽい氷の塊が、波立った池の面に揺れた。池はそれほど深そうではないが、それでも剣を取り出すためには、完全に潜らなければならないだろう。

これからすることをいくら考えてみたところで、取り出しやすくなるわけでも、水が温むわけでもない。ハリーは池の縁に進み出て、ハーマイオニーの杖を、杖灯りを点けたままそこに置く。これ以上どこまで凍えればいいのだろう、どこまで激しく震えることになるのだろう、そんなことは想像しないようにしながら、ハリーは飛び込んだ。

体中の毛穴という毛穴が、抗議のさけびを上げた。氷のような水に肩までつかると、肺の中の空気が凍りついて固まるような気がする。ほとんど息ができない。激しい震えで波立った水が、池の縁を洗う。かじかんだ両足で、ハリーは剣を探った。潜るのは一回だけにしたい。

喘ぎ、震えながら、ハリーは潜る瞬間を刻一刻と先延ばしにしていた。ついにほかに手はないと自分に言い聞かせ、ハリーは持てる勇気を振りしぼって潜った。

冷たさがハリーを責め苛み、火のようにハリーを襲う。暗い水を押し分けて底にたどり着き、手を伸ばして剣を探る。脳みそまで凍りつくような気がした。指が剣の柄をにぎる。ハリーは剣を引っ張り上げた。

突然、なにかが首を絞める。潜ったときには体に触れるものはなにもなかった。おそらく水草だろうと思い、ハリーは空いている手でそれを払いのけようとする。水草ではなかった。分霊箱の鎖がきつくからみつき、ゆっくりとハリーの喉笛を締め上げている。

ハリーは水面にもぐろうと、がむしゃらに水を蹴るが、池の岩場のほうへと進むばかり。もがき、息を詰まらせながら、ハリーは巻きついている鎖をかきむしる。しかし、凍りついた指は鎖を緩めることもできず、いまやハリーの頭の中には、パチパチと小さな光がはじけはじめた。溺れる。もう残された手段はない。ハリーにはなにもできない。胸のまわりを締めつけているのは、「死」の腕にちがいない……。

ぐしょ濡れで咳き込み、ゲーゲー吐きながら、こんなに冷えたのは生まれてはじめてだというほど凍え、ハリーは雪の上に腹這いになって我に返った。どこか近くで、もう一人のだれかが喘ぎ、咳き込みながらよろめいている。ハーマイオニーがまたきてくれたんだ。蛇に襲われたときにきてくれたように……でもこの音はハーマイオニーのようではない。低い咳、足音の重さからしても、ちがう……。

ハリーには、助けてくれたのがだれかを見るために、頭を持ち上げる力さえなかった。震える片手を喉まで上げ、ロケットが肉に食い込んだあたりに触れるのがせいぜいだ。ロケットはそこになかった。だれかがハリーを解き放してくれた。そのとき、ハリーの頭上で、喘ぎながら話す声がした。

「おい――気は――確かか？」

その声を聞いたショックがなかったら、ハリーは起き上がる力が出なかっただろう。歯の根も合わないほど震えながら、ハリーはよろよろと立ち上がる。目の前にロンが立っている。服を着たままびしょ濡れになって、髪が顔に張りついている。片手にグリフィンドールの剣を持ち、もう片方に鎖の切れた分霊箱をぶら下げている。

「まったく、どうして――」

ロンが分霊箱を持ち上げて、喘ぎながら言う。ロケットが、へたな催眠術の真似事のように、短い鎖の先で前後に揺れていた。

「潜る前に、こいつを外さなかったんだ？」

ハリーは答えられない。銀色の牝鹿など、ロンの出現に比べればなんでもない。ハリーは信じられなかった。寒さに震えながら、ハリーは池の縁に重ねて置いてあった服をつかんで、着はじめる。一枚また一枚と、セーターを頭からかぶるたびにロンの姿が見えなくなり、そのたびにロンが消えてしまうのではないかと、半信半疑でハリーはロンを見つめていた。しかし、ロンは本物にちがいない。池に飛び込んで、ハリーの命を救ってくれた。

「き、君だったの?」

歯をガチガチ言わせながら、ハリーはやっと口を開く。絞め殺されそうになったせいで、いつもより弱々しい声が出る。

「まあ、そうだ」ロンは、ちょっとまごつきながら言った。

「き、君が、あの牝鹿を出したのか?」

「え? もちろんちがうさ! 僕は、君がやったと思った!」

「僕の守護霊は牡鹿だ」

「ああ、そうか。どっかちがうと思った。角なしだ」

ハリーはハグリッドの巾着を首にかけなおし、最後の一枚のセーターを着ると、かがんでハーマイオニーの杖を拾い、もう一度ロンと向き合う。

「どうして君がここに?」

どうやらロンは、この話題が出るのは、もっとあとにして欲しかったらしい。

「あのさ、僕――ほら――僕、もどってきた。もしも――」

ロンはひとつ咳ばらいをする。

「あの、君がまだ、僕にいて欲しければ、なんだけど」

一瞬、沈黙が横たわる。ロンの去っていったことが、二人の間に壁のように立ちはだかるようにも思われた。しかし、ロンはここにいる。帰ってきた。たったいま、ハリーの命を救ってくれた。

ロンは自分の両手を見下ろし、あらためて自分が持っているものを見て、一瞬驚いたようだ。

「ああ、そうだ。僕、これを取ってきた」

ロンは言わなくともわかることを言いながら、ハリーによく見えるように剣を持ち上げる。

「君はこのために飛び込んだ。そうだろ？」

「うん」ハリーが言う。「だけど、わからないな。君はどうやってここにきたんだ？どうやって僕たちを見つけたんだ？」

「話せば長いよ」ロンが答える。「僕、何時間も君たちを探してたんだ。なにしろ広い森だろう？　それで、木の下で寝て、朝になるのを待とうって考えたのさ。そうしたら牝鹿がやってきて、君が追けてくるのが見えたんだ」

「ほかにはだれも見なかったか？」

「見てない」ロンが言った。「僕――」

ロンは、数メートル離れたところに二本くっついて立っている木をちらりと見ながら、言いよどむ。

「――あそこでなにかが動くのを、見たような気がしたことはしたんだけど、でもそのときは僕、池に向かって走っていたんだ。君が池に入ったきり出てこなかったから、それで、まわり道なんかしていられないと思って――おい！」

ハリーはもう、ロンが示した場所に向かって走っていた。二本のナラの木が並んで立ち、幹と幹の間のちょうど目の高さにほんの十センチほどの隙間がある。相手から見られずに覗くのには理想的な場所だ。しかし根元の周囲には雪がなく、足跡一つ見つけることはできなかった。ハリーは、剣と分霊箱を持ったまま突っ立って待っているロンのところにもどった。

「なにかあったか？」ロンが聞く。

「いや」ハリーが答える。

「それじゃ、剣はどうやってあの池に入ったんだ？」

「だれだかわからないけど、守護霊を出した人があそこに置いたにちがいない」

二人は、見事な装飾のある銀の剣を見る。ハーマイオニーの杖の灯りで、ルビーのはまった柄がわずかにきらめいている。

「こいつ、本物だと思うか？」ロンが聞く。

「一つだけ試す方法がある。だろう？」ハリーはロンを見る。

分霊箱はロンの手からぶら下がり、まだ揺れていた。ロケットがかすかにぴくりと動く。ロケットの中のものがまた動揺している、とハリーは確信する。剣の存在を感じたロケットは、ハリーにそれを持たせるくらいなら殺してしまおうとしたのだ。いまは長々と話し込んでいるときではない。いまこそ、ロケットを完全に破壊するときだ。ハリーは、ハーマイオニーの杖を高く掲げてまわりを見回し、これという場所を見つけた。シカモアの木陰に平たい岩がある。

「こいよ」

ハリーは先に立ってその場所に行き、岩の表面から雪を払いのけ、手を差し出して分霊箱を受け取る。しかし、ロンが剣を差し出すと、ハリーは首を振った。

「いや、君がやるべきだ」

「僕が？」

ロンは驚いた顔をする。

「どうして？」

「君が、池から剣を取り出したからだ。君がやることになっているんだと思う」

ハリーは、親切心や気前のよさからそう言ったわけではない。牝鹿がまちがいなく危険なものではないと思ったと同様、ロンがこの剣を振うべきだという確信がある。ダンブルドアは少なくともハリーに、ある種の魔法について教えてくれた。ある種の行為が持つ、計り知れない力という魔法だ。

「僕がこれを開く」

ハリーが言う。

「そして君が刺すんだ。一気にだよ、いいね？　中にいるものがなんであれ、歯向かってくるからね。日記の中のリドルのかけらも、僕を殺そうとしたんだ」

「どうやって開くつもりだ？」怯えた顔のロンが聞く。

「開けって頼むんだ。蛇語で」

答えは、あまりにもすらすらと口を突いて出てきた。きっと心のどこかで、自分にははじめからそのことがわかっていたのだろう。たぶん、ナギニと数日前に出会ったことで、それに気づいたのだ。ハリーは、緑色に光る石で象嵌された、蛇のようにくねったSの字を見る。岩の上にとぐろを巻く小さな蛇の姿を想像するのは容易なことだ。

「だめだ！」ロンが抵抗する。「開けるな！　だめだ！　ほんとにだめ！」

「どうして？」ハリーがあえて聞いた。「こんなやつ、片付けてしまおう。もう何か月も――」

「できないよ、ハリー、僕、ほんとに――君がやってくれ――」

「でも、どうして？」

「どうしてかって、僕、そいつが苦手なんだ！」

ロンは岩に置かれたロケットから後ずさりながら訴える。

「僕には手に負えない！　ハリー、僕があんなふうな態度を取ったことに言い訳するつもりはないんだけど、でもそいつは、君やハーマイオニーより、僕にもっと悪い影響を与えるんだ。そいつは僕につまらないことを考えさせる。どっちにせよ僕が考えていたことではあるんだけど、でも、なにもかもどんどん悪い方向に持っていくんだ。うまく説明できないよ。それで、そいつを外すとまともに考えることができるんだけど、またそのくそったれをかけると――僕にはできないよ、ハリー！」

ロンは剣を脇に引きずり、首を振りながらなおも後ずさりする。

「君にはできる」ハリーは断言する。「できるんだ！　君はたったいま剣を手に入れた。それを使うのは君なんだってことが、僕にはわかるんだ。頼むから、そいつをやっつけてくれ、ロン」

名前を呼ばれたことが、刺激剤の役目を果たしたらしい。ロンはごくりと唾を飲み込むと、高い鼻からはまだ激しい息遣いが聞こえるものの、岩に近づいていく。

「合図してくれ」ロンがかすれ声で言う。

「三つ数えたらだ」

ハリーはロケットを見下ろし、目を細めてSの字に集中して蛇を思い浮かべる。ロケットの中身は、捕われたゴキブリのようにがたがた動いている。ハリーの首の切り傷がまだ焼けるように痛んでいなかったなら、哀れみをかけてしまったかもしれない。

「いち……に……さん……開け」

最後の一言は、シューッと息が漏れるようなうなり声になる。カチッと小さな音とともに、ロケットの金色のふたが二つ、ぱっと開いた。

二つに分かれたガラスケースの裏側で、生きた目が一つずつ瞬いている。細い瞳孔が縦に刻まれた真っ赤な眼になる前の、青年トム・リドルの目のように、ハンサムな黒い両眼だ。

「刺せ」

ハリーはロケットが動かないように、岩の上で押さえながら合図を送った。

ロンは震える両手で剣を持ち上げ、切っ先を、激しく動き回っている両眼に向けた。ハリーはロケットをしっかりと押さえつけ、空っぽになった二つの窓から流れ出す血を早くも想像して、身構えた。

そのとき、分霊箱から押し殺したような声が聞こえた。

「おまえの心を見たぞ。おまえの心は俺様のものだ」

「聞くな！」ハリーは厳しく声をかけた。「刺すんだ！」

「おまえの夢を俺様は見たぞ、ロナルド・ウィーズリー。そして俺様はおまえの恐れも見たのだ。おまえの夢見た望みは、すべて可能だ。しかし、おまえの恐れもまたすべて起こりうるぞ……」

「刺せ！」ハリーがさけぶ。

その声は周囲の木々に響き渡る。剣の先が小刻みに震え、ロンはリドルの両眼をじっと見つめている。

「母親の愛情がいつも一番少なかった。母親は娘が欲しかったのだ……いまも愛されていない。あの娘は、おまえの友人のほうを好んだ……おまえはいつも二番目だ。永遠にだれかの陰だ……」

「ロン、刺せ、いますぐ！」ハリーがもう一度さけぶ。

押さえつけているロケットがぶるぶる震えている。ハリーはこれから起こるであろうことを恐れた。ロンは剣をいちだんと高く掲げる。そのとき、リドルの両眼が真っ赤に光った。

ロケットの二つの窓、二つの眼から、グロテスクな泡のように、ハリーとハーマイオニーの奇妙に歪(ゆが)んだ顔が噴(ふ)き出した。

驚いたロンは、ぎゃっとさけんで後ずさりする。見る見るうちにロケットから二つの姿が現れる。最初は胸が、そして腰が、両足が、最後には、ハリーとハーマイオニーの姿が、一つの根から生える二本の木のように並んでロケットから立ち上がり、ロンと本物のハリーの上でゆらゆら揺れている。本物のハリーは、突然焼けるように白熱したロケットから、あわてて指を引っ込めた。

「ロン！」

ハリーは大声で呼びかけたが、いまやリドル－ハリーがヴォルデモートの声で話しはじめ、ロンは催眠術にかかったようにその顔をじっと見つめている。

「なぜもどった？　僕たちは君がいないほうがよかったのに、幸せだったのに、いなくなって喜んでいたのに……二人で笑ったさ、君の愚かさを、臆病さを、思い上がりを――」

「思い上がりだわ！」リドル－ハーマイオニーの声が響く。

本物のハーマイオニーよりもっと美しく、しかももっと凄(すご)みがある。ロンの目の前で、そのハーマイオニーはゆらゆら揺れながら高笑いする。ロンは、剣をだらんと脇にぶら下げ、怯(おび)えた顔ながら目を離せず、金縛りになって立ちすくんでいる。

「あなたなんかにだれも目もくれないわ。ハリー・ポッターと並んだら、だれがあなたに注目すると言うの？『選ばれし者』に比べたら、あなたはなにをしたと言うの？『生き残った男の子』に比べたら、あなたはいったいなんなの？」

「ロン、刺せ、刺すんだ！」

ハリーは声を張り上げる。しかしロンは動かない。大きく見開いた両目に、リドル−ハリーとリドル−ハーマイオニーが映っている。二人の髪は炎のごとくめらめらと立ち上り、目は赤く光り、声は毒々しい二重唱を奏でている。

「君のママが打ち明けたぞ」

リドル−ハリーがせせら笑い、リドル−ハーマイオニーは嘲り笑う。

「息子にするなら、僕のほうがよかったのにって。喜んで取り替えるのにって……」

「だれだって彼を選ぶわ。女なら、だれがあなたなんかを選ぶ？　あなたはクズよ、クズ。彼に比べればクズよ」

リドル−ハーマイオニーは口ずさむようにそう言うと、蛇のように体を伸ばして、リドル−ハリーに巻きつき、強く抱きしめる。二人の唇が重なる。

宙に揺れる二人の前で、地上のロンの顔は苦悶に歪んでいる。震える両腕で、ロンは剣を高く振りかざした。

「やるんだ、ロン！」ハリーがさけぶ。

ロンがハリーに顔を向けた。ハリーは、その両目に赤い色が走るのを見たように思った。

「ロン――？」

剣が光り、振り下ろされる。ハリーは飛び退いて剣を避けた。鋭い金属音と長々しいさけび声が上がる。ハリーは雪に足を取られながらくるりと振り向き、杖を構えて身を守ろうとした。しかし戦う相手はいなかった。

自分自身とハーマイオニーの怪物版は、消えていた。剣をだらりと下げたロンだけが、平らな岩の上に置かれたロケットの残骸を見下ろして立っている。

ゆっくりと、ハリーはロンに歩み寄る。なにを言うべきか、なにをすべきか、わからなかった。ロンは荒い息をしている。両目はもう赤くはない。いつものブルーの目だったが、涙に濡れていた。

ハリーは見なかったふりをしてかがみ込み、破壊された分霊箱を拾い上げる。ロンは二つの窓のガラスを貫いていた。リドルの両眼は消え、染みのついた絹の裏地がかすかに煙を上げている。分霊箱の中に息づいていたものは、最後にロンを責め苛んで、消え去った。

ロンの落とした剣が、ガチャンと音を立てる。ロンはがっくりと膝を折り、両腕で頭を抱えた。震えていたが、寒さのせいでないことは、ハリーにもわかる。ハリーは壊れたロケットをポケットに押し込み、ロンの横に膝をついて片手をそっとロンの肩に置く。ロンがその手を振りはらわないのは、よい印だ。

「君がいなくなってから――」

ハリーは、ロンの顔が隠れているのをありがたく思いながら、そっと話しかける。

「ハーマイオニーは一週間泣いていた。僕に見られないようにしていただけで、もっと長かったかもしれない。互いに口もきかない夜がずいぶんあった。君が、いなくなってしまったら……」

ハリーは最後まで言えなかった。ロンがもどってきたいまになってはじめて、ロンの不在がハーマイオニーとハリーの二人にとってどれほど大きな痛手だったかが、はっきりわかった。

「ハーマイオニーは、妹みたいな人なんだ」ハリーは続ける。「妹のような気持ちで愛しているし、ハーマイオニーの僕に対する気持ちも同じだと思う。ずっとそうだった。君には、それがわかっていると思っていた」

ロンは答えなかったが、ハリーから顔を背け、大きな音を立てて袖で洟をかむ。ハリーはまた立ち上がり、数メートル先に置かれているロンの大きなリュックサックまで歩いていく。溺れるハリーを救おうと、ロンが走りながら放り投げたのだろう。ハリーはそれを背負い、ロンのそばにもどる。ロンはよろめきながら立ち上がって、ハリーが近づくのを待っている。泣いた目は真っ赤だったが、落ち着いていた。

「すまなかった」ロンは声を詰まらせて言う。「いなくなって、すまなかった。ほんとに僕は、僕は——ん——」

ロンは暗闇を見回した。どこかから自分を罵倒する言葉が襲ってくれないか、その言葉が自分の口を突いて出てきてくれないか、と願っているように。

「君は今晩、その埋め合わせをしたよ」ハリーが言った。「剣を手に入れて。分霊箱をやっつけて。僕の命を救って」

「実際の僕よりも、ずっとかっこよく聞こえるな」ロンが口ごもる。

「こういうことって、実際よりもかっこよく聞こえるものさ」ハリーがうなずく。「そういうものなんだって、もう何年も前から君に教えようとしてたんだけどな」

二人は、同時に歩み寄って抱き合った。ハリーは、まだぐしょぐしょのロンの上着の背を、しっかりと抱きしめた。

「さあ、それじゃ——」

互いに相手を放しながら、ハリーが言う。

「あとはテントを再発見するだけだな」

難しいことではなかった。牝鹿と暗い森を歩いたときは遠いように思ったが、ロンがそばにいると、帰り道は驚くほど近く感じられた。ハリーは、ハーマイオニーを起こすのが待ち切れない思いでいた。興奮で小躍りしながら、ハリーはテントに入る。ロンはその後ろから遠慮がちに入ってくる。

唯一の明かりは、床に置かれたボウルでかすかに揺らめいているリンドウ色の炎だけだったが、池と森のあとだけに、ここはすばらしく温かい。ハーマイオニーは毛布に包まり、丸くなってぐっすり眠っている。何回かハリーが呼びかけても、身動きもしない。

「ハーマイオニー！」

もぞもぞっと動いたあと、ハーマイオニーはすばやく身を起こし、顔にかかる髪の毛を払いのける。

「なにかあったの？　ハリー？　あなた、大丈夫？」

「大丈夫だ。すべて大丈夫。大丈夫以上だよ。僕、最高だ。だれかさんがいるよ」

「なにを言ってるの？　だれかさんて――？」

ハーマイオニーはロンを見た。剣を持って、すり切れた絨毯に水を滴らせながら立っている。ハリーは薄暗い隅のほうに引っ込み、ロンのリュックサックを下ろして、テント布地の背景に溶け込もうとした。

ハーマイオニーは簡易ベッドから滑り降り、ロンの青ざめた顔をしっかり見据えながら、夢遊病者のようにロンのほうに歩いていく。唇を少し開け、目を見開いて、ロンのすぐ前で止まる。ロンは弱々しく、期待を込めてほほえみかけ、両腕を半分挙げた。

ハーマイオニーはその腕に飛び込んだ。そして、手の届くところをむやみやたらと打った。

「いてっ――あっ――やめろ！　なにするんだ？　ハーマイオニー――あーっ！」

「この――底抜けの――おたんこなすの――ロナルド――ウィーズリー！」

言葉と言葉の間に、ハーマイオニーは打ち続ける。ロンは頭をかばいながら後退し、ハーマイオニーは前進した。

「あなたは――何週間も――何週間も――いなくなって――のこのこ――ここに――帰って――くるなんて――あ、私の杖はどこ？」

ハーマイオニーは、腕ずくでもハリーの手から杖を奪いそうな形相だ。ハリーは本能的に動いた。

「プロテゴ！　護れ！」

見えない盾が、ロンとハーマイオニーの間に立ちはだかる。その力で、ハーマイオニーは後ろに吹き飛び、床に倒れる。口に入った髪の毛をペッと吐き出しながら、ハーマイオニーは跳ね起きた。

「ハーマイオニー！」ハリーがさけぶ。「落ち着い――」

「私、落ち着いたりしない！」

ハーマイオニーは金切り声を上げる。こんなに取り乱したハーマイオニーは、見たことがない。気が変になってしまったような顔だ。

「私の杖を返して！　返してよ！」

「ハーマイオニー、お願いだから――」

「指図しないでちょうだい、ハリー・ポッター！」

ハーマイオニーがかん高くさけぶ。

「指図なんか！　さあ、すぐ返して！　それに、君！」

ハーマイオニーは世にも恐ろしい非難の形相で、ロンを指さす。まるで呪詛しているようだ。ロンがたじたじと数歩下がったのもむりはない。

「私はあとを追った！　あなたを呼んだ！　もどって、とあなたにすがった！」

「わかってるよ」ロンが答える。「ハーマイオニー、ごめん。本当に僕――」

「あら、ごめんが聞いて呆れるわ！」

ハーマイオニーは、声の制御もできなくなったようにかん高い声を出して笑う。ロンは、ハリーに目で助けを求めるが、どうしようもないと、ハリーは顔をしかめるしかない。

「あなたはもどってきた。何週間も経ってから――何週間もよ――それなのに、ごめんの一言。それですむと思ってるの?」

「でも、ほかになんて言えばいいんだ?」

ロンがさけんだ。ハリーはロンが反撃に出たのがうれしかった。

「あーら、知らないわ!」ハーマイオニーが皮肉たっぷりにさけび返す。「あなたが脳みそをしぼって考えれば、ロン、数秒もかからないはずだわ――」

「ハーマイオニー」

ハリーが口を挟む。いまのは反則だ。

「ロンはさっき、僕を救って――」

「そんなこと、どうでもいいわ!」ハーマイオニーの声はますます高くなる。「ロンがなにをしようと、どうでもいいわ! 何週間も何週間も、私たち二人とも、とっくに死んでいたかもしれないのに――」

「死んでないのは、わかってたさ!」

ロンのどなり声が、はじめてハーマイオニーの声を上回る。盾の呪文の許すかぎりハーマイオニーに近づき、ロンは大声で言い募る。

「ハリーの名前は『予言者』でもラジオでも大安売りだったさ。やつらはあらゆるところを探してたし、噂だとか、まともじゃない記事だとかがいっぱいだ。君たちが死んだら、僕にはすぐに伝わってくるって、わかってたさ。君には、どんな事情だったかがわかってないんだ――」

「あなたの事情が、どうだったって言うの?」

ハーマイオニーの声は、まもなくコウモリにしか聞こえなくなるだろうと思われるほどかん高くなっている。しかし、怒りの極致に達したらしく、ハーマイオニーは一時的に言葉が出なくなる。その機会をロンがとらえた。

「僕、『姿くらまし』した瞬間から、もどりたかったんだ。でも、ハーマイオニー、すぐに『人さらい』の一味に捕まっちゃって、どこにも行けなかったんだ!」

「なんの一味だって?」ハリーが聞く。

一方ハーマイオニーは、どさりと椅子に座り込んで腕組みし、足を組んだが、その組み方の固さときたら、あと数年間は解くつもりがないのではないかと思われるほどだ。

「人さらい」ロンが繰り返した。「そいつら、どこにでもいるんだ。『マグル生まれ』とか『血を裏切る者』を捕まえて、賞金稼ぎをする一味さ。一人捕まえるごとに、魔法省から賞金が出るんだ。僕は一人ぼっちだったし、学生みたいに見えるから、あいつらは僕が逃亡中の『マグル生まれ』だと思って、ほんとに興奮してたんだ。僕は早く話をつけて、魔法省に引っ張っていかれないようにしなくちゃならなかった」

「どうやって話をつけたんだ？」

「僕は、スタン・シャンパイクだって言った。最初に思い浮かんだんだよ」

「それで、そいつらは信じたのか？」

「最高に冴えてるっていう連中じゃなかったしね。一人なんか、絶対にトロールが混じってたな。臭いの臭くないのって……」

ロンはちらりとハーマイオニーを見る。ちょっとしたユーモアで、ハーマイオニーが和らいでくれることを期待したのは明らかだ。しかし、固結びの手足の上で、ハーマイオニーの表情は、相変わらず石のように硬い。

「とにかく、やつらは、僕がスタンかどうかで口論を始めた。正直言って、お粗末な話だったな。だけど相手は五人、こっちは一人だ。それに僕は杖を取り上げられていたし。そのとき二人が取っ組み合いのけんかを始めて、ほかの連中がそっちに気を取られている隙に、僕を押さえつけていたやつの腹にパンチを噛ましてそいつの杖を奪い、僕の杖を持ってるやつに『武装解除』をかけて、それから『姿くらまし』したんだ。それがあんまりうまくいかなくて、また『ばらけ』てさ――」

ロンは右手を挙げて見せる。右手の爪が二枚なくなっていた。ハーマイオニーは冷たく眉を吊り上げた。

「――それで僕、君たちがいた場所から数キロも離れた場所に現れた。僕たちがキャンプしていたあの川岸までもどってきたときには……君たちはもういなかった」

「うわー、なんてわくわくするお話かしら」

ハーマイオニーは、ぐさりとやりたいときに使う高飛車な声で言う。

「あなたは、そりゃ怖かったでしょうね。ところで私たちはゴドリックの谷に行ったわ。えーと、ハリー、あそこでなにがあったかしら？　ああ、そうだわ、『例のあの人』の蛇が現れて、危うく二人とも殺されるところだったわね。それから『例のあの人』自身が到着して、間一髪のところで私たちを取り逃がしたわ」

「えぇっ？」

ロンはぽかんと口を開けて、ハーマイオニーからハリーへと視線を移す。ハーマイオニーはロンを無視している。

「指の爪がなくなるなんて、ハリー、考えてもみて！　それに比べれば、私たちの苦労なんてたいしたことないわよね？」

「ハーマイオニー」ハリーが静かに言う。「ロンはさっき、僕の命を救ったんだ」

ハーマイオニーは聞こえなかったようだ。

「でも、一つだけ知りたいことがあるわ」

ハーマイオニーは、ロンの頭の三十センチも上のほうをじっと見つめたままでたずねる。

「今夜、どうやって私たちを見つけたの？　これは大事なことよ。それがわかれば、これ以上会いたくもない人の訪問を受けないようにできるわ」

ロンはハーマイオニーを睨みつけ、それからジーンズのポケットから小さな銀色の物を引っ張り出す。

「これさ」

ハーマイオニーは、ロンの差し出した物を見るために、ロンに目を向けざるをえなくなる。

『『灯消しライター』？」

驚きのあまり、ハーマイオニーは冷たく厳しい表情を見せるのを忘れる。

「これは、灯を点けたり消したりするだけのものじゃない」ロンが説明を始める。

「どんな仕組みなのかわからないし、なぜそのときだけそうなって、ほかのときにはならなかったのかもわからないけど。だって、僕は、二人と離れてから、ずっともどりたいと思っていたんだからね。でも、クリスマスの朝、とっても朝早くラジオを聞いていたんだ。そしたら、君の声が……君の声が聞こえた……」

ロンは、ハーマイオニーを見ている。

「私の声がラジオから聞こえたの？」

ハーマイオニーは信じられないという口調で聞く。

「ちがう。ポケットから君の声が聞こえた。君の声は――」

ロンはもう一度「灯消しライター」を見せる。

「ここから聞こえたんだ」

「それで、私はいったいなんと言ったの？」

半ば疑うような、半ば聞きたくてたまらないような言い方だ。

「僕の名前。『ロン』。それから君は……杖がどうとか……」

ハーマイオニーは、顔を真っ赤に火照らせる。ハリーは思い出す。ロンがいなくなって以来、二人の間でロンの名前が声に出たのは、そのときがはじめてだ。ハーマイオニーが、ハリーの杖をなおす話をしたときに、ロンの名前を言った。

「それで僕は、これを取り出した」

ロンは「灯消しライター」を見ながら話を進める。

「だけど、変わったところとか、別になにもなかった。でも、絶対に君の声を聞いたと思ったんだ。だからカチッと点けてみた。そしたら僕の部屋の灯りが消えて、別の灯りが窓のすぐ外に現れたんだ」

ロンは空いているほうの手を挙げて、前方を指さし、ハリーにもハーマイオニーにも見えないなにかを見つめる目をする。

「丸い光の球だった。青っぽい光で、強くなったり弱くなったり脈を打ってるみたいで、『移動キー(ポート)』のまわりの光みたいなもの。わかる?」

「うん」

ハリーとハーマイオニーが、思わず同時に答えた。

「これだって思ったんだ」ロンが続ける。「急いでいろんなものをつかんで詰めて、リュックサックを背負って、僕は庭に出た」

「小さな丸い光は、そこに浮かんで僕を待っていた。僕が出ていくと、光はしばらくふわふわ一緒に飛んで、僕がそれに従いて納屋の裏まで行って、そしたら……光が僕の中に入ってきた」

「いまなんて言った?」ハリーは、聞きちがえたと思った。

「光が、僕のほうにふわふわやってくるみたいで――」

ロンは空いている手の人差し指で、その動きを描いて見せる。

「まっすぐ僕の胸のほうに。そのまま――まっすぐ胸に入ってきた。ここさ」

ロンは心臓に近い場所に触れる。

「僕、それを感じたよ。熱かった。それで、僕の中に入ったとたん、僕は、なにをすればいいかがわかったんだ。光が、僕の行くべきところに連れていってくれるんだって、わかったんだよ。それで、僕は『姿くらまし』して、山間(やまあい)の斜面に現れた。あたり一面雪だった……」

「僕たち、そこにいたよ」ハリーが言う。「そこでふた晩過ごしたんだ。二日目の夜、だれかが暗闇の中を動いていて、呼んでいる声が聞こえるような気がしてしかたがなかった！」

「ああ、うん、僕だったかもしれない」ロンがうなずく。「とにかく、君たちのかけた保護呪文は、効いてるよ。だって、僕には君たちが見えなかったし、声も聞こえなかった。でも、絶対近くにいると思ったから、結局寝袋に入って、君たちのどちらかが出てくるのを待ったんだ。テントを荷造りしたときには、どうしても姿を現さなきゃならないだろうと思ったから」

「それが、実は」ハーマイオニーが口を挟む。「念には念を入れて、『透明マント』をかぶったままで『姿くらまし』したの。それに、とっても朝早く出発したわ。だって、ハリーが言ったように、二人とも、だれかがうろうろしているような物音を聞いたんですもの」

「うん、僕は一日中あの丘にいた」ロンが話を続ける。「君たちが姿を見せることを願っていたんだ。だけど暗くなってきて、きっと君たちに会いそこなったにちがいないってわかった。だから、もう一度『灯消し（ひけし）ライター』をカチッとやって、ブルーの光が出てきて、僕の中に入った。そこで『姿くらまし』したら、ここに、この森に着いたんだ。それでも君たちの姿は見えなかった。だから、そのうちきっと姿を見せるだろうって、そう願うしかなかったんだ――そしたら、ハリーが出てきた。まあ、当然、最初は牝鹿(めじか)を見たんだけど」

「なにを見たですって？」ハーマイオニーが鋭く問う。

二人はなにがあったかを話した。銀色の牝鹿と、池の剣(つるぎ)の話が展開するにつれて、ハーマイオニーは、二人を交互に睨(にら)むようにしながらも、聞き入る。集中するあまり、手足をしっかり組むのも忘れている。

「でも、それは『守護霊(しゅごれい)』にちがいないわ！」ハーマイオニーが断言する。「だれがそれを創り出していたか、見なかったの？　だれか見えなかったの？　それが剣の場所まであなたを導いたなんて！　信じられないわ！　それからどうしたの？」

ロンは、ハリーが池に飛び込むところを見ていたこと、出てくるのを待っていたこと、なにかがおかしいと気づいて、潜ってハリーを救い出したこと、それからまた剣を取りに潜ったことを話す。ロケットを開くところまで話し、そこでロンが躊躇(ちゅうちょ)したので、ハリーが割り込んだ。

「――それで、ロンが剣でロケットを刺したんだ」

「それで……それでおしまい？　そんなに簡単に？」ハーマイオニーが小声で問いかける。

「まあね、ロケットは――悲鳴を上げた」

ハリーは、横目でロンを見ながら話を締めくくる。

「ほら」

ハリーは、ハーマイオニーの膝にロケットを投げる。ハーマイオニーは恐る恐るそれを拾い上げ、穴のあいた窓をよく見ている。

これでもう安全だと判断して、ハリーはハーマイオニーの杖を一振りし、「盾の呪文」を解いてロンを見る。

「『人さらい』から、杖を一本取り上げたって？」

「えっ？」

ロケットを調べているハーマイオニーを見つめていたロンは、不意を衝かれたように驚く。

「あ――ああ、そうだ」

ロンは、リュックサックの留め金を引いて開け、リュックのポケットから短い黒っぽい杖を取り出す。

「ほら、予備が一本あると便利だろうと思ってさ」

「そのとおりだよ」ハリーは手を差し出した。「僕のは、折れた」

「冗談だろ？」

ロンがそう言ったとき、ハーマイオニーが立ち上がる。ロンはまた不安そうな顔でハーマイオニーを見上げる。ハーマイオニーは破壊された分霊箱(ぶんれいばこ)をビーズバッグに入れると、もう一度ベッドに這(は)い上がって、それ以上一言も発せずにそこでじっとしている。

ロンは、新しい杖をハリーに渡す。

「この程度ですんでよかったじゃないか」ハリーがこっそり言う。

「ああ」ロンが返す。「もっとひどいこともありえたからな。あいつが僕にけしかけた小鳥のこと、憶(おぼ)えてるか?」

「その可能性も、まだなくなってはいないわ」

ハーマイオニーのくぐもった声が、毛布の下から聞こえてくる。しかしハリーは、ロンが、リュックサックから栗色のパジャマを引っ張り出しながら、にやっと笑うのを見た。

本書は単行本二〇〇八年七月（静山社刊）、
携帯版二〇一〇年十二月（静山社刊）を
四分冊にした「2」です。

装画　おとないちあき
装丁　坂川事務所

ハリー・ポッター文庫18
ハリー・ポッターと死の秘宝〈新装版〉7-2

2022年11月1日　第1刷発行

作者　J.K.ローリング
訳者　松岡佑子
発行者　松岡佑子
発行所　株式会社静山社
〒102-0073　東京都千代田区九段北1-15-15
電話 03-5210-7221
https://www.sayzansha.com
印刷・製本　中央精版印刷株式会社

ISBN978-4-86389-697-0 Printed in Japan
Published by Say-zan-sha Publications Ltd.